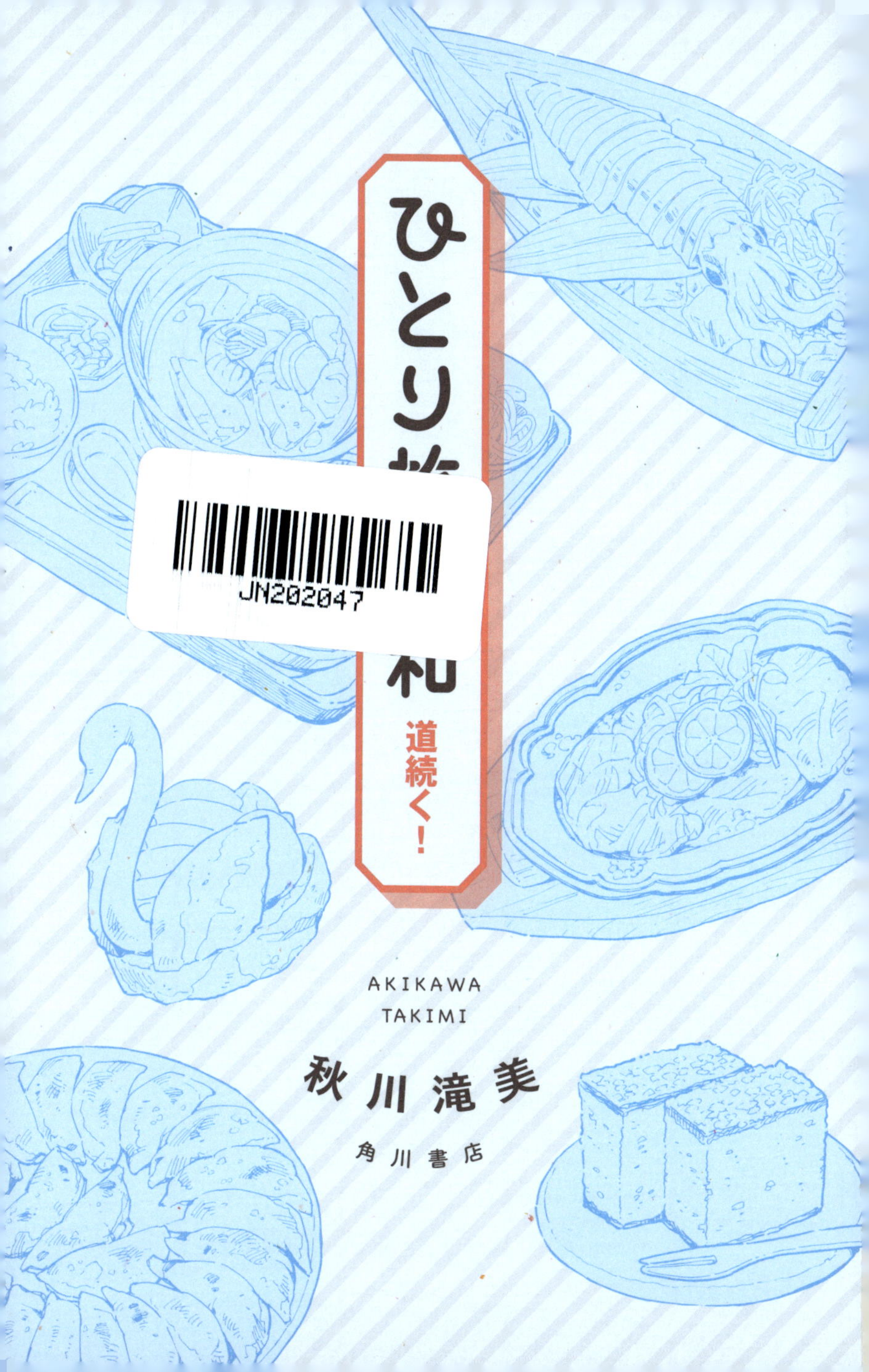

ひとり旅和

道続く!

AKIKAWA
TAKIMI

秋川滝美

角川書店

ひとり旅日和

道続く！

CONTENTS

カバーイラスト　鳶田ハジメ
ブックデザイン　大原由衣

第一話　福島

——スワンシュークリームと円盤餃子

第一話

十一月第一土曜日の夜、夕食を終えた梶倉日和《かじくらひより》は、両親とともにテレビを観つつ、団らんを楽しんでいた。

日和は、事務用品の販売を手がける『小宮山《こみやま》商店株式会社』に勤めている。入社後七年が経過し、悩みの種だった人見知りはほぼ消滅、苦手だった電話対応もためらわずに受話器を取れるようになった。

これらはすべて、要領が悪くて叱られっぱなしだった日和を見かねて、社長の小宮山政夫《まさお》がすすめてくれた『ひとり旅』という趣味を持てたおかげだと感謝することしきりだ。

一時抱いていた、旅はうまくいかない現実からの逃避ではないかという迷いも消え、再び旅を楽しめるようになった。今では、自分の部屋の壁に貼った地図を眺めては、次はどこに行こうか、旅費を貯めるためにもしっかり働かなければ、と意気込んでいる。

時刻は午後九時になるところ、お気に入りのバラエティ番組が終わり、そろそろお風呂《ふろ》に入ろうかと思っていたとき、スマホをいじっていた母の呟《つぶや》きが聞こえた。

「あら、カードのポイントがもうすぐ期限切れになっちゃうわ……」

新聞を読んでいた父が顔を上げて訊《たず》ねた。

「カードのポイント？　どこのだ？」

スワンシュークリームと円盤餃子
福島

「交通系のカードよ」

「交通系？　あれの期限って、最後に使ってから二年じゃなかったか？」

母は日和のように旅行しまくったり、父のように頻繁に出張があったりするわけでもない。仕事はすべて在宅、買い物も近所、あるいは週末に車でまとめ買いで済ませるという時期もあったが、今では普通に出勤しているから電車やバスも利用している。その状況で期限切れになんてなるはずがないと父は首を傾げた。

ところが、どうやら母は同じ会社のICカードを二枚持っていて、普段使っていないものが期限切れになりそうになっているらしい。

「以前、プラスティックカードからモバイルに変えようとしたでしょ？」

「そういえば、大騒ぎしてたな……カードが二枚になっちゃったとかなんとか」

「そうなの。なんだかうまく引き継げなくて新しいカードができちゃったのよ」

「一枚にまとめられるって教えなかったっけ？」

「聞いた……。でも、面倒くさくて……」

母が気まずそうに答えた。カードが二枚になったところで、普段は一枚しか使わないのだから困ることはない。わざわざ手間暇かけてまとめる必要はない。おそらく日和が母と同じ状況に陥ったとしても、同様の判断をするだろう。

そんな母の性格をよくわかっている父は、案外すんなり納得して話を先に進めた。

「お母さんらしいな。で、ポイントはどれぐらいあるんだ？」

第 一 話

「二〇五」

「使わないカードなら解約って手もあるけど、二〇五ポイントじゃ手数料を引かれてゼロだな。カードのデポジット分は返ってくるだろうけどわざわざ駅まで行って解約するのもなあ……」

「でしょ？ なんでもインターネットでできるようになって、窓口そのものが減ってるし」

「だよな。でもまあ、そのまま期限切れはもったいないから、電子マネーにチャージすれば？」

電車やバスはモバイルのほうに慣れている。わざわざプラスティックカードにチャージした分を交通費として使うことはないにしても、買い物になら使えるのではないか、と父は言う。

「そうね。この電子マネー、使えるお店たくさんあるものね」

「私もそうしようかな……」

そう言いつつ、日和はスマホで検索を始めた。

母が話題に出すまで、ポイント数など気にしたことはなかったが、ひとり旅を始めてから相当な年月が経っている。二年間放りっぱなしにしていた母よりも、ポイントは貯まっているに違いない。

電子マネーにしておけば、自販機でもコンビニでも使える。交通費にしても普段は定期券で事足りるが、旅行はそうはいかない。期限は切れそうにないけれど、ただポイントとして置いておくよりも、電子マネーにしておくほうがいいに決まっていた。

「日和も放りっぱなしなのか？」

父は、まったくこの親子は……とでも言いたそうな顔でこちらを見ている。親子なんだから似ていて当然、と半ば開き直りつつ調べてみたポイント数は、予想より遥かに多かった。

スワンシュークリームと円盤餃子
福島

「わあ……五八三一もある！」

「そんなに使ったのか！」

「クレジットカードとしても使ってるから……」

「それでもポイント数は気にもかけなかった、と。遺伝子って恐いな……ってか、俺の遺伝子はどこに行ったんだ！」

母はどんぶり勘定が常だが、父はしっかりポイントを管理している。期限切れなんてもってのほか、あらゆる特典を逃さないよう努めている父からしてみれば、もう少し自分に似ていればこんなことにはならないのに、と嘆きたくなったのだろう。

だが、正直日和はそれどころではない。思いがけず出現した臨時収入に大喜びだった。

「ラッキー！　これで当分、飲み物やおやつには困らないよね！　それよりみんなでご飯にでも……ってそこまでの金額じゃないか。あ、でもお昼なら！」

昨今の物価高のせいで外食もずいぶん大変になったが、ランチぐらいならなんとかなりそうだ。実家に住ませてもらった上に、食事や洗濯、その他あれこれ面倒をかけているのだから、たまには恩返ししなければ、という気持ちはある。旅先で大量にお土産を買い込むのも、お土産を買うこと自体が楽しいだけでなく、両親に喜んでもらいたいという気持ちからだった。

ところが母は笑って取り合ってくれなかった。

「そんなことしなくていいわよ。クレジットカードにしても、大半は旅行がらみでしょ？　旅行で貯めたポイントなんだから旅行で使えばいいじゃない」

第一話

そうそう、と頷《うなず》きつつ、父も言う。

「どうしてもって言うなら、次の旅行で旨《うま》い酒でも……いや、ちょっと待てよ。それよりもっと面白い使い方があるぞ」

「面白いって？」

「ちょっと待てよ。ほら、これだ」

父はものすごい速さでスマホの検索窓に文字を入力し、出てきたページを日和に見せた。

「こんなものがあるんだ……ミステリーツアーみたいだね」

「ミステリーツアー？　そんなの、ひとりじゃ危ないじゃない」

日和のひとり旅を応援してくれているとはいっても、それは、あらかじめ交通手段や泊まる宿が確定しているからだ。バックパッカーのようにすべてが出たとこ勝負、出発してから宿を探すような旅は、到底認めてもらえなかっただろう。いい大人なんだから親に認めてもらう必要はないにしても、母が心配で夜も寝られなくなるような旅をしたいとは思えなかった。

だが、父のスマホに表示されているページは、そこまでミステリアスなシステムではない。面白そう、と素直に楽しめる範疇《はんちゅう》だった。

「大丈夫だよ。着いてみるまでどこに行くかわからないミステリーツアーと違って、こいつは出発前には行き先がちゃんとわかる。しかも、行き先は自分で選べるし」

「ちょっと見せて」

母は日和が持っていた父のスマホを奪い取り、しばらく凝視していたあと、ほっとしたように言った。

「なるほどポイント交換専用の企画切符なのね。エントリーすると行き先が四つ表示されて、その中から好きな場所を選ぶ、と。あ、リセットも可能なのね」

「近いところや遠いところがランダムに出てくるらしい。ポイント交換専用だから損はしないけど、できるだけ遠くに行けたほうがお得って考える人はリセットしまくるのかも」

「ギャンブル要素もあるってことね。確かに面白いかも……あ、でもこれって六〇〇〇ポイント必要って書いてあるけど、大丈夫？」

「六〇〇〇ポイントまで貯めてから使えばいいんでしょ？」

日和は五八三一ポイントしか持っていない。六〇〇〇ポイントには足りないが、期限はまだまだ切れないから、このまま貯めていけばいい。先の楽しみができてよかった、と言う日和に、父は少し考えて答えた。

「それもいいが……先のことはわからないからなあ」

「それって、どういうこと？」

怪訝《けげん》な顔になった日和に、母も眉間《みけん》に軽く皺《しわ》を寄せて言う。

「そういう素敵なシステムって、急に終わったりするでしょ？　あとちょっとだったのにーって悔しくなったりして」

「そのときはそのときだよ。縁がなかったって諦《あきら》める。それに急に終わるにしてもある程度は予告期間があるんじゃない？」

第一話

「まあなあ……あと一六九ポイントか。ちょっと待てよ……確かこのポイントって家族でも合算できたはず」

「ほんと⁉　だったら私のポイントを日和にあげればいいのよね？」

「え、でもそれは申し訳ないよー」

「じゃあ、売るわ」

「う、売る⁉」

「このポイント、電子マネーにしたら一ポイント一円なのよね。日和がお母さんに百六十九円払ってくれればいいわ。あーでも、ちょっとだけ残っても困るから、二百五円で全部ってことにして……って、私、なんかずるいわね」

ケラケラと笑っているが、母が百円や二百円というお金を欲しがるわけがない。少しでも娘の気を楽にしたいだけだとわかっているだけに、感謝することしきりだった。

「じゃあ、それでお願いします」

「ＯＫ。えーっとこれどうすればいいのかしら？」

「はいはい、俺がやるよ。ふたりともスマホを渡して」

そこで父が、母と日和のスマホを受け取り、サクサクと操作し始める。

数分後、母のポイント欄には〇、日和には六〇三六という数字が表示された。

「はい、終わり。じゃああとは日和が行き先を決めるだけだ」

「お父さん、お母さん、ありがとう！　うわー楽しみー！」

スワンシュークリームと円盤餃子

福島

スマホを受け取りながら、これで博多《はかた》に行ければいいのに、と思った。

博多には吉永蓮斗《よしながれんと》がいる。彼は初めてのひとり旅で出会い、様々な偶然が重なって交際を始めたばかりの恋人だが、付き合い始めるのとほぼ同時に転勤となり、今は遠距離恋愛状態である。連絡は頻繁に取っているし、もともと一緒に出かけることが少なかっただけに、なにも手に付かないほど寂しいという感情はないにしても、会いたくないかと言われたらそんなわけはない。機会があれば会いたいし、なければ作ってでも会いたい。

この企画切符の行き先に『博多』が入っていれば、日和は躍り上がって喜んだに違いない。けれど、この企画切符はJR東日本限定なので、博多はもちろん、関西や中国地方の地名が表示されることはないのだ。

――でもまあ、それでよかったのかもしれない。さもなければ博多が出るまで、延々とリセットしちゃっただろうし、それじゃあ全然楽しくないもんね……

一番のあたりは出ないとわかっている籤《くじ》。だからこそ楽しめるのだと自分に言い聞かせ、日和は企画切符の詳しい説明を読み始めた。

十二月第二土曜日の午前九時三十五分、日和は東北《とうほく》新幹線『やまびこ』五五号盛岡《もりおか》行きに乗り込んだ。

荷物を網棚に載せ、やれやれと腰を下ろす。正月休み前だからか、冬の東北方面行きだからか、はたまた時刻のせいか、車内の人影はまばらだ。

第一話

とはいえ、東北新幹線は上野《うえの》や大宮《おおみや》から乗車する人も多い。上野はかつて『北の玄関口』と言われていたし、大宮から乗車すると新幹線料金がお得になるらしい。今回、日和はポイント交換の企画切符なので料金を気にする必要はないため、ごく普通に東京駅から乗車したが、次回以降は大宮から乗るという手もあるな……などと考えているうちに発車時刻となり、『やまびこ』は北を目指して走り始めた。

新幹線は盛岡行きだが、日和は終着駅まで乗る予定ではない。日和の目的地は福島県の県庁所在地、乗車時間にして一時間半の福島市だった。

できるだけ遠くに行くほうがお得な企画切符ではなかったのか、十二月の福島市にいったいなにをしに行くのだ？ と首を傾げる人もいそうだが、そんなことを訊《き》かれても困る。何度かリセットを続けた挙げ句、ようやく出てきた『行ったことがない県』が福島県だったのだ。

ひとり旅を続けることおよそ五年、本当にいろいろなところに行った。中には石川県のように金沢《かなざわ》と能登《のと》の二回に分けて訪れた県もあるが、一度も行ったことがない県もあり、いっそ全国踏破を目指してみるか、と思っていた。

そこにきてこの企画切符だ。どうせなら未踏の地を……と思うのは当然だろう。とはいえ、本音を言えばこの新幹線の終着駅である盛岡を目指したかった。だが、何度リセットしても盛岡は出てこない。本州最北の地、青森すら登場したが、青森はすでに行った。奥入瀬《おいらせ》の美しい新緑と渓流と山海の美味を堪能したのだから、とまたリセット……

かくして、日を変え、時を変えて挑み続けたがやっぱり『盛岡』は出てこず、やっと出てきた

スワンシュークリームと円盤餃子

福島

『福島』に確定キーを押したのだ。

そのころにはいわば『リセット疲れ』気味で、距離的にはそれほどお得とは言えなかったけれど、行ったことがない福島が出てきたのだからそれで十分、という気持ちになっていた。むしろ、六〇〇〇ポイント、往復六千円相当で福島に行ける！　と大喜びしたのである。

東京を離れるにつれ、窓の外を流れる風景がどんどん変わっていく。建物は減り、空は広がり、落葉樹の茶色や常緑樹の深い緑が増えていく。福島はそれほどでもないだろうけれど、宮城、岩手……と進んでいけば、雪で白くなった山肌が見られたかもしれない。

せっかく冬に旅をしているのだから、雪景色も見たかったな……などと考える。だが、そのためには雪国に適した服や靴が必要になるし、一泊二日の旅のためにそこまでの準備をするのは億劫《おっくう》でもある。ポイントを貯めたご褒美としては、パッと行ってパッと帰ってくる旅が相応《ふさわ》しいだろう。

東京駅で乗車してから一時間三十二分後、日和は福島駅に降り立った。場内表示を頼りに東口改札を抜け、駅前広場に行ってみる。

福島駅にはふたつの改札があり、東口は繁華街、西口は住宅街に通じている。宿泊予定のホテルは東口にあるので、まず荷物を預けて昼食を済ませ、それから市内観光に向かうという算段である。

――えーっと、こっちだよね？　うん、間違ってない！

スマホの道案内アプリに表示されているマークは、順調にホテルに向かって移動している。ひとり旅を始めてからずいぶんになるのに、未《いま》だに直感的に東西南北がわからない。

第一話

まず歩いてみて現在位置を示すマークの移動方向を確かめるのが常というのは少々情けないけれど、勝手な思い込みで見当違いの方向に延々進むよりはずっといいはずだ。

ところが、スマホのマークと一緒にホテルを目指す途中、赤信号で立ち止まった日和はそのまま角を曲がった。もちろんホテルにはまだ着いていない。ホテルより先に昼食を取るつもりだったラーメン店を見つけてしまったのだ。

てっきりホテルを越えた先にあると思っていたが、交差点から見えた店名は間違っていないし、入り口の上にある黄色い庇《ひさし》もインターネットで見たとおりだ。慌てて調べてみると、どうやら日和が行くつもりだった店よりも手前に、別の支店があったらしい。

時刻は午前十一時二十分、店の前に並んでいる人はいない。人気店らしいから十二時を越えたら行列になるかもしれない。昼食には少し早いけれど、今のうちに食べてしまったほうがいいと判断し、日和は黄色い庇の店に行くことにした。

「いらっしゃいませー。カウンターへどうぞ！」

女性従業員の案内でコの字型のカウンターの曲がり角近くに座る。

客は男性のふたり組と日和だけに対して従業員は三人。もしかしたら外で立ち話をしていた男性も店の人かもしれない。ちょっと多すぎる気がするが、食事時にはそれぐらい混み合うのだろう。もしくは営業時間中も仕込みを続けなければ品切れになる、という可能性もある。いずれにしても、日和が心配することではない。店の中は美味《おい》しそうな匂いが漂っている。お昼には少し早いと思っていたが、今では一刻も早く食べたい気持ちでいっぱいだった。

スワンシュークリームと円盤餃子

福島

お水を持ってきてくれた女性に会釈で応《こた》えつつ、メニューを開く。

とはいっても、この店は、炒飯《チャーハン》もあれば野菜炒めも出しますという町中華と異なり、メニューの数は限られる。塩、醬油《しょうゆ》、味噌《みそ》の三種のラーメンとチャーシュー麵《めん》、ご飯物はチャーシュー丼。夏ならつけめんも出すけれど、今は冬だからそれもない。なにより、日和は店に入る前から食べるものは決めてある。それでもメニューを開かずにいられないのは、もしかしたらほかにも美味しそうなものがあるかもしれない、もしくは、次に来たときに食べるものを決めておこうという気持ちからだろう。メニューがあるならとりあえず見る。それが食いしん坊というものかもしれない。

シンプルなメニューを眺め終わって目を上げると、カウンターの中の女性と目が合った。こんなふうに待っていてくれると注文がしやすいなあ、と感謝しつつ、醬油ラーメンを注文する。麵は平打ち麵と細麵が選べたので、平打ち麵にした。

「はーい、平打ち、醬油一丁！」

元気な声が響き渡る。ラーメン屋さんはこうでなくちゃね、と思いながら待つこと五分。日和の前にラーメン丼が置かれた。

――うわあ、ほんとに透明……口コミどおりだ……

醬油ラーメンなのにスープが透明とは何事だ、と思われるかもしれないが、この店のラーメンスープは二層に分かれている。丼の底に醬油ダレを入れ、その上に鶏ガラベースのスープを流し込む。一般的なラーメン店なら、タレとスープを混ぜ合わせてから麵を入れるのだろうけれど、あえて混ぜずに出すのは鶏ガラスープをしっかり味わってほしいからだそうだ。

第一話

早速レンゲでスープを掬《すく》って口の中へ。ほどよい熱とあっさりとした鶏の旨み、いくつか紛れ込んだみじん切りの葱《ねぎ》の風味が一気に広がる。まずスープだけを味わってほしいという気持ちにも頷ける。まさに、自慢の逸品というスープだった。

もう一口スープを味わったあと、箸《はし》で麺を掬い上げる。箸に引っかかっているのは、平たくてうねりのある麺だ。今日は細麺も選べたけれど、口コミ欄には平打ち麺しかない日もあると書かれていたから、この店の主流は平打ち麺なのだろう。もともと日和は細麺派だけれど、せっかくなら主流を味わいたいということで平打ち麺にしたのである。

一回、二回と箸を上げ下げし、麺を少し冷まして啜《すす》り込む。細麺よりも柔らかく、表面積が広い分しっかりスープが絡まっている。なるほどこの麺すらもスープを味わうためだったか、などと頷きつつ、食べ進む。

三口ほど食べたあと、チャーシューをつまみ上げる。大きさはおそらく五センチ四方、チャーシューが売りの店に比べればそれほど大きくはない。だが、ほどよく脂の層が入り、肉の食感と脂の甘みの両方を楽しめる。脂たっぷりのチャーシューが苦手な日和には理想的、いっそチャーシュー麺にすればよかったと思うほどだった。

チャーシューから麺、澄んだスープ……を繰り返し、いよいよスープをかき混ぜる。このままのスープを味わい続けたいほど気に入ったが、それでは醬油ダレの立場がない。それに、口コミには醬油ダレにはチャーシューの旨みを感じるとあった。あのチャーシューを煮込んだ醬油なら美味しいに決まっている。試さない手はなかった。

スワンシュークリームと円盤餃子
福島

グルグルグル……かきまぜるたびに、澄んだスープが醬油色に染まっていく。これで十分と思えるほど混ぜ、レンゲで掬ったスープを啜り込む。

しっかりした醬油味と鶏の旨み、その陰にほのかに豚の存在を感じる。

チャーシューを長時間煮込んだ醬油ダレは、おそらくかなりの濃さだろう。だが、そこに鶏ガラスープを加えることで鶏と豚の旨みと柔らかい味わいを実現する。この店に限らず、醬油ラーメンというものを思いついた人を褒め称えたくなった。

行き先を福島に決めたあと、当然のことながらあれこれ調べた。どこに行くかではなく、なにを食べるかを先に決めるのはいかにも自分らしいと苦笑したけれど、その筆頭に挙がったのがこの店だ。福島に行くならこのラーメンを食べなければ！　と思った自分に拍手喝采《かっさい》だった。

入店してから二十分足らずで店を出る。提供が早かったせいもあるが、なにより美味しくてあっという間に食べ終わってしまった。日和と入れ替わりのように、どんどん客が入ってきたからさっさと退店して正解だろう。

ラーメン店からホテルまでは徒歩五分、入り口が見つからなくて苦労したものの、なんとか荷物を預けて駅に引き返す。少し早足になったのは、バスの発車時刻を気にしたせいだ。目指すバスの出発は十分後、急げば間に合うかもしれない。本数がそれほど多くないだけに、なんとか乗りたい気持ちが強かった。

駅前のバスターミナルに着くとほぼ同時に、バスが入ってきた。さらに足を速めてバス停に向かい、並んでいた人に続いて乗り込む。これで降りる場所さえ間違わなければ、『あぶくま親水公園』に行ける。『あぶくま親水公園』はその名のとおり阿武隈《あぶくま》川沿いにあり、冬になるとハクチョウが飛来する場所だった。

日和はハクチョウの実物を見たことがない。もしかしたら動物園で見たことがあったのかもしれないが、記憶に残っていないし、動物園にいるのはコハクチョウが多いらしい。

日本に飛来するハクチョウにはオオハクチョウとコハクチョウの二種類がいて、オオハクチョウはより大型だという。福島県がハクチョウの渡来地であることは日和も知っていたし、同じ白い羽を持つアヒルやガチョウよりずっと大きいとされるオオハクチョウをこの目で見たいと思ったのだ。

だが、いざ調べてみたらハクチョウの渡来地として有名な猪苗代《いなわしろ》湖は、公共交通機関だけではかなり行きにくい。そのうえ山の中なので、冬場は雪が積もる可能性もある。雪道など一度も走ったことがない日和は、諦めざるを得なかった。

いっそ『ハクチョウを見にいくツアー』でもないかと探したけれど、そういったツアーは発着地が福島以外のものばかりで、福島までのチケットが確保されている日和には不向きだった。

ところが、せっかく冬の福島に行くのに……と嘆く日和に救世主が現れた。言わずとしれた蓮斗だ。全国踏破済み、足を踏み入れたことがない都道府県はないと豪語する彼は、日和の愚痴を聞くなりあっさり答えた。

「ハクチョウ？　わざわざ猪苗代湖まで行かなくても見られるよ」

「それって、新潟とかじゃないですか？」

「新潟なんて福島よりさらに遠いだろ。そうじゃなくて福島市内、しかもバスで行ける場所で見られるところがある。たぶん福島駅から二十分ぐらいじゃないかな」

「バス!?　しかも二十分!?」

驚愕《きょうがく》する日和に蓮斗が教えてくれたのが『あぶくま親水公園』だった。

コハクチョウもオオハクチョウも飛来する。たとえ当日雪になっても市内のバスなら運休になる可能性は低い。自然界にいるハクチョウが日本一お手軽に見られる場所だ、と蓮斗は言う。

さらに、近くにあるカフェのことまで教えてくれた。窓際に座れば、暖かい場所からハクチョウを眺められる。まずは近くで見たあと、休憩がてら利用してみたら、とすすめてくれたのである。

けっこうな揺れとともにバスは勢いよく進む。左右ではなく上下に揺れるところを見ると道路の状態がよくないのだろう。あちこちで工事をしていたから、もう少し後で訪れていたらここまで揺れなかったかもしれない。

タイミングってあるよねーなどと達観しつつ揺られ、およそ十五分で『岡部《おかべ》』バス停に到着。ここから少し歩けば『あぶくま親水公園』だった。

「でっか！」

ハクチョウを間近に見た日和の口をついたのは、そんな言葉だった。

ハクチョウがアヒルやガチョウよりも大きいことは知っていた。だからこそわざわざ見に来たのだが、せいぜいガチョウより一回り大きいぐらいだと考えていた。ある意味『舐《な》めていた』とも言える。それだけに、実物の予想外の大きさと喧《やかま》しさに声を出さずにいられなかった。道理で蓮斗が忍び笑いを漏らしたはずである。

第一話

近くに行ってじっくり見たいと言った日和に聞こえてきたのは、ククッという笑い声だった。

「ハクチョウってさ、遠くから見るぐらいがちょうどいいのかもよ」

「どうしてですか？　ハクチョウってすごくきれいな鳥ですよね？」

「きれい……まあそうだね。でも、それだけじゃないいんだよ。まあ、『百聞は一見に如《し》かず』って言うし、お楽しみください」

そして今、日和の目の前には『それだけじゃない』鳥たちが群れている。

せっかく来たのだからと頑張って川岸まで行ってみたものの、思わず後ずさりしたくなるサイズで、水に浮かんでいるだけでもこの大きさなら、両羽を広げたらどれだけ大きいのだろうと思ってしまう。しかもこのハクチョウ軍団、声もすごい。

インターネットには『コオー、コオー』と鳴くとあったけれど、どう考えても濁点がついている。日和の耳には『ゴォー』もしくは『グァオー』としか聞こえないのだ。

これはまさしくオオハクチョウだ。そうでなければならない。もしもこれがコハクチョウだとしたら、オオハクチョウの大きさはいかばかりか。そんな巨大な鳥が自分のほうに向かってきたらどうしよう。しかも相手は羽まであるから、走って逃げてもすぐに追いつかれる。敵認定されたら絶体絶命だ。

私は敵じゃない、こっちに来ないでー！　と祈りつつ、水辺からじりじりと遠ざかる。

蓮斗の言うとおり、紛れもなく『それだけじゃない』鳥たち、『百聞は一見に如かず』だった。

それでも、離れて見ている分にはそれほど恐くはない。水面でたくさんのカモに囲まれて悠然と

福島

浮かんでいる様は、まさに女王の風格だ。もちろん、ここにいるハクチョウがすべてメスなわけはないし、水の中では必死に足で水を掻《か》いていることだって知っている。それでもなお、『女王』と表現するしかない優美さがあった。周りのカモたちが取り巻きにしか見えないのだ。

気温は東京よりかなり低いのかもしれないが、風がないので耐えられないほどではない。そのまましばらく眺めていると、二、三歳ぐらいの男の子と年配の女性がやってきた。

ハクチョウとカモは岸辺にもたくさんいる。ハクチョウと大差ない大きさにもかかわらず、男の子が恐れもせずに近寄っていくのは、彼らが日常的にここに来ているからだろうか……

「バーバ、パンちょうだい！」

男の子が女性に向かって手を突き出す。お腹でも空いたのかと思ったら、女性が手提げ袋から取り出したのはパンの耳がたくさん入ったビニール袋だった。

男の子はビニール袋に手を突っ込み、パンの耳を鷲《わし》づかみにする。そのとたん、ハクチョウやカモが一斉に男の子に向けて動き出した。

茶色と白のまだら模様がジワジワと動く光景に、日和は息を呑《の》む。自分だったら耐えきれない。ダッシュで逃亡だ、と思ったけれど、男の子は気にもかけない様子でパンの耳をちぎっては撒《ま》き、ちぎっては撒きしている。

見るからに慣れた動作だし、鳥たちもこの男の子を覚えていて、『ごはんだー』と近寄ったとしか思えなかった。

――すごい景色。でも鳥たちがあの子のところに集まってる限り、私は安全よね……って、ちょっと待って、ハクチョウたち大丈夫？

男の子が撒くパンの耳のほとんどがカモの口の中に消えていく。カモはハクチョウより身体が小さく、首も短い。パンの耳を地面に撒かれたら、カモのほうが有利に決まっていた。

男の子はそれがわかっているのか、ハクチョウに向かってパンの耳を投げてやる。だが、そこは二、三歳の男の子、コントロール抜群というわけもなく、あえなくカモに奪われてしまう。

そのまま男の子のビニール袋が空になるまで眺めていたが、ハクチョウがありつけたパンの耳はカモの四分の一、いや五分の一以下のような気がする。

女王様なのに取り巻きに負けて餌にありつけない。なんと厳しい現実だろう。

だがこれは人間が撒く餌だからにすぎない。身体が大きくて首も長いハクチョウは、自然界にいる餌——小魚や虫などを捕食しやすいはずだ。ハクチョウにしてみれば、下々の者ども、人間からもらった餌で生き抜け、なんて鷹揚《おうよう》に構えているのかもしれない。

どっちも強く生きてね！ と声をかけたのを最後に、日和は岸辺を離れる。それほど寒くはないけれど、空気が乾燥しているせいか喉《のど》が渇いて仕方がない。

帰る前にひと休みすることにして、日和は蓮斗がすすめてくれたカフェに向かった。

川原から道路に上がってすぐのところにあるカフェは、水色と白のかわいらしい建物で、川縁にあるからこそという店名がつけられている。店の前には福島ナンバーの車が何台も止まっているから、地元の人々の憩いの場になっているのだろう。

スワンシュークリームと円盤餃子
福島

建物の大きさからすると、席数がそれほどあるとは思えない。車の数から考えて、もしかしたら座れないかも……と心配しながら入ってみると店内はほぼ空席だった。

四人がけのテーブルがひとつ使われていて、賑《にぎ》やかな話し声が聞こえている。おそらく、この店を待ち合わせ場所にして、各々が車で来たのだろう。そういえば、ここに来るバスの本数もそれほど多くなかった。ここは、公共交通機関よりも自家用車での移動が多い町なのかもしれない。

「いらっしゃいませ。お好きな席にどうぞ」

若い女性店員が歌うように案内してくれた。

幸い窓際の席が空いていたので、迷わずそこに腰掛ける。

水とおしぼりを置いた若い女性が去っていくのを待って、メニューを開く。

飲み物だけではなく、食事もできるしデザートも豊富にある。そういえば、入ってすぐのところにあるショーケースにたくさんのケーキやパンが並べられていた。かなりの数だから、持ち帰りもできるのだろう。

なにかお土産に買っていこうかな、と考えながら写真付きのメニューを捲《めく》る。中でも日和の目を引いたのは、ハクチョウを模したシュークリームだった。

――これ、かわいい！　スワンシューだって、さすがハクチョウの渡来地！　じゃあ、これと、あとは温かいコーヒーかな……

メニューを閉じると、すぐにさっきの女性が来てくれた。

スワンシューとブレンドコーヒーを注文すると、女性が小首を傾げて訊ねた。

第一話

「スワンシューは単品でいいですか？　アイスクリームも添えられますけど？」

「あ、じゃあそれで……」

外は冬の気温でも、店の中はかなり暖かい。これならアイスクリームも美味しく食べられるだろう。

注文を済ませ、窓から外を眺める。

川までは少し距離があるが、ハクチョウやカモが飛ぶ姿はよく見える。あの大きな鳥が空を飛ぶのはすごいけれど、飛行機でも飛ぶんだから鳥なら余裕で飛ぶよね……などと考えてふと我に返った。

――先に空を飛んでたのは鳥で、それを真似して四苦八苦して鉄の塊を飛ばしたのが人間。飛行機が飛ぶんだから鳥ぐらい飛ぶよ、なんて大間違いだわ。

クスクス笑いつつバードウォッチングを続ける。しばらくすると、注文の品が届けられた。コーヒーは顔が映るほど濃くてとてもいい香りがする。だが、なにより日和が驚いたのはスワンシューの皿だった。

皿そのものが奇抜だったわけではない。むしろよくある白くて丸い皿、問題はそこに盛り付けられたアイスクリームだった。

――アイスクリームも『添えられます』って言ったよね？　これって添えるとかいう話じゃないよ。むしろ主役？

スワンシューだってけっして小さくはない。巨大とまでは言えないが、ごく普通のシュークリームのサイズだ。それなのにスワンシューとアイスクリームの底面積がそれほど変わらない。しかもアイスクリームは白とピンクの二種類あるから、ふたつ合わせればスワンシューの底面積を余裕で上回る。これは添え物などではなく主役だと言いたくなって当然だろう。

一時間前にラーメンを食べたばかりなのに大丈夫だろうかと不安になる。だが『甘い物は別腹』という言葉を信じて食べ始める。

まずコーヒーを一口、予想どおりの深く濃い味わい、酸味があとに残らない日和好みのコーヒーである。これなら甘いデザートにぴったり、とフォークを手にし、やっぱりこっち、とスプーンに持ち替える。アイスクリームが室温で溶けかけているのもさることながら、この美しいハクチョウを最後まで取っておきたくなったのだ。

細くて長い首や羽の上にちりばめられたパウダーシュガーを眺めつつ、アイスクリームをスプーンで掬う。白はバニラとわかっているから、まずはピンクから食べてみる。イチゴよりも酸味が強いし、ブルーベリーほど青みがかっていない。なんだろうとメニューを見返した結果、ラズベリーシャーベットだとわかった。

甘くてミルク風味のバニラアイスとすっきりした酸味のラズベリーシャーベット。それだけでも十分なデザートなのに、主役はほかにいる。水面に浮かぶハクチョウさながらに、スワンシューがのんびりこちらを見ていた。

これを崩して食べるのか、いっそ普通の形であれ、と思ったけれど、食べずに帰るわけにはいかない。コーヒーとアイスクリームがこれほど美味しいのだから、シュークリームだって美味しいに決まっている。

えいやっとばかりに羽の真ん中にフォークを入れ、クリームごと掬い取って一気に食べる。パリパリのシューの食感とカスタードクリームの上品な甘さ、両方に潜む卵の底力——鏡を見なくても、自分の目尻《めじり》が下がりきっていることがわかった。

あれほどためらっていたのに、いざ食べ始めたら手が止まらない。あっという間にスワンシューは皿の上からいなくなる。食べかけで崩れた姿を晒《さら》すより、さっさと退場したほうが女王様らしいってものよ、なんて誰かから責められたわけでもないのに言い訳する日和だった。


三十分後、コーヒーとデザートを堪能した日和は、支払いを終えて店を出た。

エコバッグの中にはシュトーレンが入っている。シュトーレンはドイツ発祥の焼き菓子で、クリスマスの四週間前に作って少しずつ食べながらクリスマスを待つという。今はもう十二月上旬だ、今からでは……と思わないでもない。

だが、このところ、クリスマスが近づくと日本でも売られるようになったにしても、シュトーレンを本来の方法で食べている人はそれほど多くないはずだ。ただのクリスマスのお菓子と考えれば十二月の上旬でも大丈夫。この店で作られたのならば美味しいに決まっているし、東京で売られているシュトーレンに比べてずいぶんお値打ちだ。

固くて持ち運びに不安がないことまで含めて、買わない手はなかった。

——なんか……全部がお値打ちな店だった……そもそも、あのコーヒーとアイスクリームが二種類もついたスワンシューで千円札でおつりが来るってどういうこと？　居心地もすごくよかったし、こんな店が近くにあったら入り浸っちゃう！

四人がけのテーブル席の客たちは、まだ楽しそうに話をしていた。空席は十分あったし、追い立てられることもない。日和は、あんなふうに贅沢な時を過ごす人たちが羨《うらや》ましくなってしまった。けれど、あちらから見れば気儘《きまま》なひとり旅を繰り返す日和のほうが羨ましいのかもしれない。人は人、与えられた環境を生きるのみ、などと考えつつ、日和はバス停に向かった。


日和が福島駅に着いたのは、午後二時ちょうどだった。

いいお土産が買えたのが嬉《うれ》しくて、ウキウキしながら歩いていた日和は、『岡部』バス停に着くなりがっかりした。

バス停にあった時刻表によると、次のバスは二十分も待たなければやってこない。ちゃんとバスの時刻表を調べてからカフェを出てくるんだった、と後悔してもあとの祭りである。

ところが、やれやれと思う間もなく福島駅行きのバスがやってきた。どうやら前のバスが遅れていたらしい。ラッキーとばかりに乗り込み、十五分で福島駅に戻ってきたというわけだ。

バスを降りた日和は、これからどうしようと考える。

ホテルは午後二時からチェックインできるから、このままホテルに行くこともできる。

だが、過去の経験上、ホテルに入ったらベッドに吸い寄せられかねない。とりあえず寝心地だけでも確かめて……なんて寝転んだが最後、気がついたら日が暮れていたというパターンは容易に想像できた。

荷物はもう預けてあるし、ホテルまでは歩いて七、八分かかる。シュトーレンは持っているけれど邪魔になる重さでもない。それならこのまま町を見て歩こう。

決断するやいなや、日和は駅の構内に向かう。とはいってもJRではない。福島と飯坂《いいざか》を結ぶ『福島交通飯坂線』に乗るためだった。

JR福島駅に入ると『飯坂線』という案内板が見えた。そこを目指して歩いて行くと飯坂線の改札口と切符売場があった。

スマホアプリの案内によると、福島駅から飯坂温泉駅までは三百七十円、二十三分で行けるらしい。飯坂は、鳴子《なるこ》、秋保《あきう》と並んで奥州《おうしゅう》三大名湯に数えられる温泉地だ。古くは日本武尊《ヤマトタケル》や松尾《まつお》芭蕉《ばしょう》が立ち寄ったとされ、彼らが浸かったという『鯖湖《さばこ》湯《ゆ》』は今なお、飯坂温泉のシンボルとなっている。

温泉は山奥に多く辿《たど》り着くのが大変な場所も多い中、県庁所在地である福島市から電車で三十分かからずに行ける飯坂は、泉質も良く気軽に利用できる温泉として親しまれていた。

日和は温泉は大好きだが、温泉地の旅館は宿泊料がそれなりにかかる。疲れを癒《い》やせる温泉と質の高い食事が付いていることを考えれば妥当、それどころか割安だと感じることも多いが、このところ立て続けに食事付きの旅館を利用したせいか、外で食事をしたい気持ちも大きい。

あの川縁のカフェ同様、地元の人が普段から利用している店に行ってみたかったのである。それだけに飯坂温泉は半ば諦めていたのだが、よく考えたら泊まらなくても温泉を利用することはでき

スワンシュークリームと円盤餃子

福島

る。熱海《あたみ》でも湯田中《ゆだなか》温泉でも外湯、いわゆる日帰り入浴を体験した。電車で三十分もかからないなら、さっと行って帰ってくればいいだけの話。今から行けば、余裕で夕食時までに帰ってこられるだろう。

ではでは……と切符を買ってホームに入ると、すでに電車は入線していた。

グレーと茶色の車体はいかにもレトロな感じだが、一本だけ入っているピンクのラインがかわいらしい。さらによく見ると、正面に掲げられた丸い看板のようなものにある『いい電』という文字の『い』の字が笑っている顔文字になっている。笑顔の電車に乗って温泉に行くなんてご機嫌すぎる。しかも、乗り込んでみると車内に暖簾《のれん》まで掛かっている。電車の中から『お風呂気分』で嬉しくなってしまった。

のんびりと走る電車の中で、日和は日帰り入浴ができる施設を調べる。

飯坂温泉には、『外湯』と呼ばれる公衆浴場がいくつかあるが、一番利用しやすいのは『波来《はこ》湯《ゆ》』のようだ。

『波来湯』は駅から歩いてすぐという立地だけではなく、お湯の温度が比較的低い。この『比較的』というところが重要だ。なぜなら飯坂温泉は湯口の温度が四十五から七十度で供給され、地元の人たちは『熱くないと入った気がしない』と言っているそうだからだ。

湯口の温度がそのまま浴槽内の温度になるわけではないが、それでもかなりの高温揃い。日和が調べたところによると、ほとんどの公衆浴場が五十度以上、中には七十度以上の湯温が表示されているものまであった。湯口が七十度なのに……と思わないでもなかったが、公衆浴場の湯温は地元

第一話

の人たちが作る『熱さ番付』に出ていたものだから、多少の誤差があるのかもしれない。

そんな中、『波来湯』の湯温は四十九・六度で、令和五年度冬の『熱さ番付』でも東の小結となっている。前頭の『鯖湖湯』は『波来湯』よりもさらに低いが、駅から少し離れている。まずは『波来湯』、それから『鯖湖湯』という順番がいいだろう。

そうこうしているうちに、電車は飯坂温泉駅に到着した。

駅舎を出て振り返ると、壁に『飯坂温泉』という垂れ幕が見える。その色がまた鮮やかなピンク。もしかしたら飯坂温泉のテーマカラーはピンクなのかもしれない。どうしてピンクという色はこんなに気分が『あがる』んだろう、などと考えつつ歩くこと二分、日和は『波来湯』に到着した。

福島駅から電車で二十三分、徒歩二分、ゆっくりお風呂に入ったところで二時間もあれば余裕だ。自然に恵まれた土地の暮らしはいろいろ大変なことも多いのだろうけれど、ご褒美だってちゃんとある。温泉はその最たるものかもしれない。

今日は冬にしては暖かいけれど、日が傾くにつれて気温が下がってきた。早く温まろう、と建物に入ると、目の前に階段が現れた。どうやら受付は階段を下りた先にあるようだ。

階段を下りてから入る温泉も珍しいのでは？　と首を傾げつつ行ってみると、そこには『入場制限中』という無情な案内板があった。

せっかく来たのに入れないの？　と思っていると、どこかから戻ってきた女性が声をかけてきた。この人が受付担当なのだろう。

「ごめんなさい。今、脱衣場がいっぱいなんです。しばらくお待ちいただけますか？」

その女性曰《いわ》く、脱衣場があまり広くないし、ロッカーの設置数以上に人を入れるわけにいかないので、現在入浴中の人が出てくるまで待ってほしい、とのことだった。

そういうことか、と納得し、入浴券とレンタルタオルのセット券を購入して待つ。受付前にベンチが設置されているので、入場制限は珍しいことではないのかもしれない。

待っている間に、受付の女性は何度も脱衣場を見に行ってくれた。そのたび日和に、『まだみたいです』とか『おひとり上がられましたので、もうちょっとかも』などと状況を知らせてくれる。そのたびに、すみませんとかごめんなさいとか詫《わ》びの言葉を口にするので、日和のほうが申し訳なくなってしまった。

謝られるたびに、大丈夫です、と手を左右にぶんぶん振る。そんなことを繰り返すこと十五分、ようやく脱衣場からふたり連れが出てきた。受付の女性がほっとした顔で言う。

「お待たせしました。どうぞお入りください」

「ありがとうございます」

丁寧に頭を下げ、『ゆ』と書かれた赤い暖簾をくぐる。

入ってみると鰻《うなぎ》の寝床のような脱衣場で、入場制限やむなし、という感じである。日和と入れ替わりに三人の客が出て行ってくれたおかげで、空いているロッカーを探し回らずにすんだのは幸いだった。

早速服を脱いで浴室に入る。浴槽がふたつに分かれていて、それぞれに『四十二度』『四十五度』の表示がある。湯温が高いことは承知で来たのだが、昨今、入浴時の適正湯温は四十度と言われているだけに、こんなに高くて大丈夫かなと思う。

現在、梶倉家の給湯器の設定は四十三度になっている。ただし、梶倉家の給湯器はかなり古いせいか、表示と実際の温度が異なる。以前測ってみたのだが、設定温度を四十三度にしてあっても出てくるお湯はせいぜい四十一度、気温が低いと四十度のときもあるので、ちょうどいいのだ。

だが、目の前の浴槽は給湯器のお世話になんてなっていないだろうし、そもそも表示温度はお湯の温度をそのまま示しているに違いない。要するに『ガチ』の四十二度、体温三十六度前後の人類がそんな環境に身を置いて大丈夫か⁉　と言いたくなってしまった。

それでも四十二度の浴槽はもちろん、四十五度の浴槽ですら身を沈めている人がいる。四十二度よりも四十五度のほうが平然としているように見えるのは、やはり高温の湯に慣れているからだろうか……

とりあえず、空いていたシャワーブースのひとつに陣取る。区切られているわけではないので正確にはブースではないのだが、呼び名がわからない。世の中には案外呼び名を知らないものが多いのよね、と思いながらシャンプーを済ませ、身体も洗う。

レンタルタオルセットには、大小二枚のタオルと石けん、シャンプー、コンディショナーまで入っていた。ホテルのアメニティのような使い切りで便利だし、『波来湯』にはドライヤーもある。古くからある温泉地の外湯にドライヤーまで置いてあるのはめずらしいが、ここなら手ぶらで来ても大丈夫。それも日和が『波来湯』を選んだ理由のひとつだった。

バスチェアーの周りに広がった泡をシャワーで丁寧に流し、いよいよ湯に浸かる。

どちらにするか迷ったけれど、まずは身体を慣らしてから、と四十二度を選ぶ。ところが、浴槽に足を入れた瞬間、『うっ！』という声が漏れた。

――これって本当に四十二度？『ガチ』の四十二度ってこんなに熱いの？それともうちは給湯器どころか温度計まで壊れてるの？

頭がクエスチョンマークでいっぱいになる。まだ壊れてない！という給湯器の叫びも聞こえそうだし、温度計にも言いたいことはあるだろう。くだらないことを考えて気を紛らわせようとしても到底無理で、お湯の熱がどんどん身体に沁《し》みてくる。もはや気分は、熱々のフライパンの上で焼かれるステーキ肉だった。

ただ、さすがにこのまま飛び出すのは情けなさすぎる。懸命に堪えているうちに、少しずつ身体が慣れてきた。それでもなお、身体を少し動かすたびに、新たな熱の攻撃がやってきた。

それでもなんとか三分ぐらいは浸かっていただろうか。もう無理、と湯から上がる。だが、そのまま隣の浴槽に入ったのは、我ながら気の迷いとしか思えない。おそらく恐いもの見たさ、さもなければ熱が頭まで回って脳が煮えかけていたに違いない。

そろりそろりと身を沈める。不思議なことに、四十二度に入ったときよりも我慢ができそうな気がした。きっと身体が熱いお湯に慣れたのだろう。だが、ほんの十秒後、日和は勢いよく立ち上がって浴槽から出た。身体中がジンジンしている。もしかしたら火傷《やけど》の一歩手前かもしれない。

慣れたなんて勘違いもいいところ、これで『熱さ番付小結』なんて信じられない。恐るべし飯坂温泉だった。

第一話

午後四時十分、日和は飯坂温泉駅に戻ってきた。

エコバッグにはシュトーレンと『波来湯』で使ったフェイスタオル、そして『ラヂウム玉子』が入っている。

『ラヂウム玉子』はいわゆる温泉玉子で、お土産はもちろん、旅館の食事にも提供される飯坂温泉の名物である。

日和はもともと温泉玉子は大好きで、『ラヂウム玉子』は日持ちもするため、お土産に買って帰ろうと考えていた。ただし、エコバッグに入っている『ラヂウム玉子』は八個、いくらなんでも旅のお供には多すぎる。日和だってこんなことになるとは思っていなかった。現に、日和が買ったのは二個入りと四個入りのパックをひとつずつ、家族三人でふたつずつ食べられると考えてのことだ。

ところが、日和が会計を終えたあと、店の人がぱたぱたと奥に入っていったかと思ったらビニール袋に『ラヂウム玉子』をふたつ入れて持ってきてくれた。選外品、つまりひびが入って売り物にならないからおまけしてあげる、というのだ。

店じまいの時刻が近かったのか、はたまたものすごく親切な人だったからかはわからないが、せっかくの申し出を断ることもない、とありがたくいただいた。

『波来湯』を出たあと、真っ直ぐに『ラヂウム玉子』を買いに行ったのは間違いだったかもしれないが、歩いてすぐのところにあったし、後回しにしたら閉まっていた可能性も高い。冷静に考えたら六個も八個も重さは大して変わらない。なんならおまけにもらった分は、ホテルで食べてしまえ

スワンシュークリームと円盤餃子

福島

ばいい、ということで、日和は八個の温泉玉子とともに飯坂温泉を散策することになったのである。

大好きな温泉玉子との散歩はなかなか楽しかった。

湯上がりで寒さはまったく感じないし、天気も悪くない。もともと天気予報は曇りから雨、もしかしたら雪になるかもしれないと言われていたのに、雲はあるものの隙間から青空が見える。雪が降るとしてもしばらく先、日和がホテルに戻ったあとだろう。

『ラヂウム玉子』のお店から、第二目的地だった『鯖湖湯』に向かった。とはいえ、その時点で入浴するつもりはなくなっていた。『鯖湖湯』は『波来湯』よりは湯の温度は低いらしいけれど、温泉はもう十分、これ以上温まらなくていい。ただ、飯坂温泉と言えば『鯖湖湯』、日本最古の木造建築公衆浴場といわれるほど有名な建物を見て帰りたかったのだ。

だが、実際に行ってみると『鯖湖湯』はなんだか新しかった。あれ？　と思って調べてみると、老朽化によって一九九三年に改築、建てられた当時の姿が再現されたそうだ。

相変わらず調査が中途半端だ、と自分に呆《あき》れながら、青と赤の暖簾が並んだ入り口の写真を一枚撮る。案内にあった大人の入浴料は二百円。『波来湯』の三百円ですら安いと思ったのに、それをさらに下回る金額に驚きを通り越して、悔しさまで覚える。温泉のある町への憧《あこが》れが爆発しそうになったところで『鯖湖湯』をあとにした。

その後、すぐ近くにあった『旧堀切邸《ほりきり》』を見に行った。

『旧堀切邸』は江戸時代から続く豪農の家だそうで、門は立派だし、敷地も広い。これでも明治時代に半分になったそうだから、それまではいったいどれほど広かったのだ。屋敷には九つも部屋が

第一話

あるし、三つも四つも蔵がある。さぞや管理や掃除が大変だろうと思ったが、これこそ余計なお世話、使用人がたくさんいたに違いない。

そしてこちらは入場料無料だ。どこまでも儲《もう》ける気など皆無の飯坂温泉に、大丈夫かと肩を揺すぶりたくなった。

生きていけるだけの稼ぎがあれば十分、という考えの人もいる。全部が全部そんな考えとは思えないけれど、もしかしたら豊かな暮らしというのはこういうことかもしれない、とため息を吐きつつ見学終了。町をぐるりと回って飯坂温泉駅に戻ってきたというわけだった。

来たとき同様、茶色とグレーにピンクライン入りの電車に揺られながら、日和は今日一日を振り返る。

——朝九時過ぎの新幹線で来て、お昼ご飯はラーメン。ハクチョウを眺めながらコーヒーを飲んだあと、温泉と散歩。県を越えて車で走り回る旅もいいけど、ひとつの町に留まってのんびりするのも素敵だよね……

大満足の一日だった。残る課題は晩ご飯だが、こちらもすでに目当てがある。

福島市には『円盤餃子《ギョーザ》』という名物がある。餃子そのものが円盤の形なのではなく、複数の餃子を丸く並べて焼いた形が円盤みたいだからだそうだ。口コミサイトによると、油をたっぷり使うため焼き餃子と言いながらも揚げ餃子に近いパリパリの食感が魅力とのことだった。

福島市内にはいくつか『円盤餃子』の店があるが、日和が一番行ってみたいと思ったのは福島駅にあるお店だ。

スワンシュークリームと円盤餃子
福島

その店は大人気で市内に複数店舗を構えている。実は飯坂温泉にも店があり、そちらが本店だと聞いたけれど、調べてみたら開店時刻が午後五時となっていた。特に急いではいないので待ってもよかったのだが、歩き回って疲れていたこともあり、そのまま電車に乗った。福島駅にある店も午後五時開店なので、着くころには開いているだろうと考えたのである。

飯坂線福島駅のホームに降りた日和は、その足で餃子の店に向かった。

驚いたことに、店の前に行列ができている。時刻は五時八分、すでに店の中は満席のようなので、ここにいるのは開店前から並んでいたのに入りきれなかった人たちということになる。

——人気店だとは知ってたけど、ここまですごいんだ……。でもこの状況だと、今から並んでもお店に入れるのはだいぶ先になっちゃうなあ……

これなら飯坂温泉で開店待ちをしたほうがよかった、と思ったけれど、今から戻ったところでこちらも行列かもしれない。とりあえず、耐えられないほど空腹ではない。運がなかった、といったん諦めて日和はホテルにチェックインすることにした。

ホテルに向かう途中のコンビニで、水とお菓子を購入する。今回は一泊しかしないのだから、大きなペットボトルの水は必要ないし、なんならなくてもいい。お菓子なんてダイエットの敵そのものだ。それでもついコンビニに入ってしまうのは、どんな商品が並んでいるのか気になってならないからだ。

あちこちを旅するうちに、同じブランドのコンビニであっても店によって品揃えが違うと知った。店によってと言うよりも、土地によってと言うべきかもしれない。東京では見たこともないカップ麺やおにぎり、総菜、お菓子などを探すというのも、日和の旅先での大きな楽しみになっている。

とはいえ、見つけたところで『わあ、珍しい。こんなの見たことない』と思うぐらいで、実際に買うのは食べ慣れたチョコレートやクッキーだったりするのが、我ながら不思議だった。

午後五時三十分、日和は水と一口サイズのチョコレートを追加して重くなったエコバッグとともにホテルにチェックインした。

建物自体が古く、お風呂やトイレも最新型とはほど遠かったけれど、清掃が行き届いているのでまったく問題ない。むしろ、このほうがくつろげるぐらいだ。

とりあえず『ラヂウム玉子』を冷蔵庫に入れて、ベッドに寝転がる。ちなみに『ラヂウム玉子』は常温で保存できるのだが、おまけでもらった分にはひびが入っている。おまけはホテルで食べてしまおうと思っていたけれど、よく考えたら『ラヂウム玉子』は温泉玉子だから、食べるためには器が必要だし、できれば調味料も欲しい。トロトロの温泉玉子に出汁醬油を垂らして食べたらさぞや美味しいに違いない。調味料なしで無理やりホテルに備え付けのカップで食べるよりも、持って帰ったほうがいい、それなら冷蔵庫に入れた方が安心……との判断で、まとめて放り込んだというわけだ。

ベッドに寝転がったものの、このままでは眠ってしまう、とテレビをつけてみた。

人の声が聞こえていれば寝落ちすることはないと思ったのだが、これがバッドチョイスだった。

自宅でもよく見ているニュースバラエティにチャンネルを合わせたところ、落ち着いた男性アナウンサーの声に引きずり込まれるように夢の国へ……次に気付いたときには、窓の外はすっかり暗くなっていた。

――またやっちゃったあー！　今何時だろ⁉

ヘッドボードについているデジタル時計の数字は『19：36』、現在時刻は午後七時三十六分ということだ。駅前の餃子屋さんは午後八時まで、売り切れ次第閉店という説明書きもあったからもう閉まっているかもしれない。

慌ててもうひとつ、狙いをつけていた店を調べてみたが、そちらも閉店時刻は午後八時、売り切れ次第終了というところも同じだった。

万事休す。どうしてこうも同じ間違いを繰り返すのだろう、とうんざりしたが、温泉に入ったあとで一時間も歩き回ったら疲れるに決まっている。それに、かなり深く眠ったらしく身体も頭もすっきりしている。疲労回復に勝るものはない、と自分に言い聞かせ、ベッドから抜け出した。

それほどでもなかった空腹は、今や限界に近づいている。

『円盤餃子』は明日にするしかないとしても、このままなにも食べずには寝られそうもない。近くになにか美味しいものが食べられる店はないか、とスマホで調べてみることにした。

――美味しそうなお店はけっこうあるなあ……お昼に行ったラーメン屋さんも出てくる。やっぱり人気なんだよね。お刺身とか食べたい気分だけど、福島市って海沿いでもないからわざわざここで食べることもないか……え……？

そこで日和はスマホを放り出し、洗面所に駆け込んだ。髪型と化粧を軽く直し、引き返して椅子の背にかけてあったコートを着る。そこまで急ぐ必要はまったくないのだが、空腹といったん諦めた『円盤餃子』への欲求がすべての動作をスピードアップさせていた。

——みんな八時で閉まると思ったけど、遅くまでやってるお店、あるじゃん！　しかも歩いて行ける場所！　ちゃんと教えてよね！

しっかり調べなかった自分を棚に上げて文句たらたら、それでも足はどんどん進む。部屋を出てから十分後、日和は目的の店に到着した。

賑やかな話し声が店の外まで聞こえている。かなりの人数のお客さんがいるようだ。たとえ満席でも空くまで待つ、と覚悟を決めて引き戸を開けた。

「いらっしゃいませ」

男性従業員の元気な声に迎えられ、店の中に入る。

予想どおり、カウンターはいっぱいだ。テーブル席はない店のようだから、このまま待つしかないか、と思ったとき、カウンターの中の人が口を開いた。おそらく店主だろう。

「おひとり？」

「はい」

店主は軽く頷き、男性従業員に指示を出す。

「上、使ってもらって」

「はーい。こちらへどうぞー」

そのまま店の奥に誘われ、階段を上がる。急な階段の先の襖《ふすま》を開けると、三畳ほどの狭い和室があった。

スワンシュークリームと円盤餃子
福島

「お飲み物はどうされますか？」

「生ビールで！」

大急ぎで歩いてきたから喉はカラカラだ。たとえそうでなくても、餃子にはビールというのが梶倉家の家訓だ。しかも、ネットで見たこの店の『円盤餃子』はボリュームたっぷりで揚げ餃子にしか見えないタイプだった。この餃子をビールと合わせずにどうする、という感じだった。

生ビールと『円盤餃子』を注文し、やれやれと部屋を見回す。一般的な居酒屋の個室の半分もない広さだけれど、ひとりならこれで十分だし、周りに誰もいないから足を投げ出して座れる。長時間の正座が苦手な日和としては、よくぞここに案内してくれた、と感謝することしきりだった。

何分もしないうちに生ビールと突き出しが届いた。

ジョッキはよく冷えて霜がついているし、突き出しは白菜の浅漬け。千切りの人参も入っていて旅で不足しがちな野菜を補えて嬉しい。そもそも福島の餃子は野菜たっぷりだそうだけれど、シャキシャキの浅漬けはまた異なる味わいだ。ボリュームたっぷりの『円盤餃子』に最適の箸休めとなってくれるだろう。

ビールをゴクリゴクリ、浅漬けをシャリシャリ……と楽しくやっていると、階段を上がってくる足音が聞こえ、襖がすっと開いた。

「お待たせしました、円盤餃子『焼き』です」

白いお皿の上に、餃子が隙間なく並べられている。確かに、遠目からは円盤にしか見えないが、

第一話

このまま空を飛んだらすぐにバラバラになりそうだ。万が一無事に飛行できたとしても、こんなに美味しそうな円盤が飛んでいたら、あっという間に通りすがりの人に捕まって食べられてしまう。餃子が大好きな梶倉家であれば、網を片手に一家総出で追い回すに違いない。

あっちへ行ったぞ、こっちに来たぞ、と騒がしい家族を思い浮かべつつ、餃子に箸を伸ばす。

一口で食べるには少々大きい。頑張れば入らなくもないが、熱々の餃子はほぼ凶器だ。口の中を大火傷したくなければ頬張らないほうがいい。

まずは、なにもつけずに食べてみる。せっかくパリパリに焼かれた皮がタレで湿るのがもったいない気がしたからだ。

餃子を中ほどで噛《か》み切ってモグモグ……パリパリの皮を噛み砕くと、隙間から野菜の甘みが湧いてくる。意外に餡《あん》にしっかり味が付いているので、このままでも十分なのだが、ものは試し、と残りの半分はタレをつけてみることにした。

——あ、すごい……全体的に味がぎゅっと締まった！　タレはタレで美味しい！

タレなしもいいが、タレつきもいい。タレ皿の中に餃子を入れ、箸で押しつけてタレを染みこませる。タレをたっぷり吸った餃子は珠玉、そこに冷えた生ビールを流し込めば、天国のでき上がりだった。

注文する際に、『一人前で大丈夫ですか？　半分にもできますけど？』と訊ねられた。お腹が空いていたから一人前を注文したけれど、届いた瞬間たじろいだ。思った以上に福々しくボリュームたっぷりの餃子が二十個、もしかしたら食べきれないかもしれないと不安になったのだ。

になっていた。
だが、いざ食べ始めるとそんな心配はどこへやら……気付いたときにはジョッキもお皿も空っぽ
最後に一口だけ残っていた浅漬けを平らげ、伝票を持って立ち上がる。急な階段をゆっくり下り
ていくとカウンターにはいくつか空席があった。もう少し遅く来ればカウンターに座れたかな、と
は思ったけれど、お客さんたちは相変わらず賑やかに話しているから、落ち着いて餃子を食べられ
るあの部屋のほうがよかったのかもしれない。
いずれにしてもお腹はいっぱい、ビールの軽い酔いも心地よい。支払いを終えた日和は、大満足
で店を出た。
ホテルに戻ったのは、午後九時十五分だった。
お風呂は温泉ですませたし、あとは寝るだけ、そういえば、明日の予定を決めていなかったな、
と思いながら歯を磨いていると、スマホがポーンと鳴った。
急いで口をゆすぎ、ベッドに放り出してあったスマホを手に取る。
メッセージを送ってきたのは蓮斗、おそらく彼も食事や入浴を終えてのんびりしているのだろう。
『福島はどう?』
画面を確かめたあと、通話キーをタップする。これは付き合い始めたときからの習慣だ。どちら
かがメッセージを送り、それをきっかけに通話が始まる。通話できる状態でなければ、メッセージ
を返すこともあるが、午後九時を過ぎてからの連絡の場合、たいていそのまま通話が始まる。
「こんばんは。ハクチョウは見られた?」

第一話

呼び出し音よりも早く蓮斗の声が聞こえた。おそらくあちらでは音が鳴ったのだろうけれど、最速での反応に笑みがこぼれる。話したい気持ちの表れのようで嬉しくてならなかった。

「こんばんは。ハクチョウ、バッチリ見られましたよ！」

「どうだった？」

「ちょっと恐かったです。ハクチョウってあんなに大きいんですね」

「やっぱりね。で、カフェまで撤退して遠巻きに観察した、じゃない？」

「そのとおりです。あ、でもあのカフェ、めちゃくちゃよかったです」

「あのレトロなシュークリームは食べた？」

「食べました。あれってレトロなんですか？　すごくかわいかったですけど」

「スワンシューって昭和の流行らしいよ」

「へえ……」

なんでも知ってるなあ……と感心しながら話し続ける。

ハクチョウを見たあと福島駅を経由して飯坂温泉に行ったこと、寝過ごして駅前の餃子屋さんに行けなくなったこと、それでも別の店を見つけて福島名物を堪能したこと……遠足から帰った子どものようになんでもかんでも報告する。

そのすべてを蓮斗は嬉しそうに、時折豆知識を披露しつつ聞いてくれる。

蓮斗との交際が始まったとき、遠距離恋愛を心配する彼に日和は大丈夫だと言い切った。だがそれは、少なからず自分を鼓舞する意図があった。なにより、大丈夫と言わなければ彼と付き合うことができない。なにがなんでも『大丈夫』と答えなければならなかったのだ。

けれど、交際が始まって二ヶ月、日和はいい意味で拍子抜けしている。メッセージのやり取りはそれまでよりずっと増えたし、通話が当たり前になった。会えないのは今までと同じだし、文字ではなく言葉のやり取りは底知れない高揚をくれる。忙しくて連絡できなくなりそうなときは、あらかじめ教えてくれる。忙しい日常の中で、日和を不安にさせまいと時間を割いてくれる蓮斗には感謝しかなかった。

「それで、明日はなにをするの？」

また耳元で蓮斗の声がする。

福島と福岡は一字違いで大違い、かつ千三百キロ以上離れた場所だというのに、まるで隣にいるかのように声が聞こえる。しかもインターネットを利用した電話だから通話料すらかからない。技術の進歩ってなんてありがたいんだろう、と思ってしまった。

「まだ決めてないんですよね。おすすめってありますか？」

「ハクチョウを見て飯坂温泉にも行った、と」

「円盤餃子もラーメンも食べました」

「ラーメン？」

怪訝そうな声を出した蓮斗に、日和は昼に食べたスープが二層になったラーメンについて伝える。

蓮斗はそのラーメンについて知らなかったようで、興味津々だった。旅の達人が知らないことを自分が知っていたことが嬉しくて、日和はますますテンションを上げた。

「なるほどー。福島でラーメンといえば喜多方《きたかた》だと思ってたけど、福島市内にもそんな旨そうなラーメンがあるんだね。次に福島に行ったら食べてみよう」

「ぜひ！　駅からも近いですから」

「いい情報をありがとう。じゃあ、お返しに居心地のいい喫茶店を教えてあげるよ。空いてれば長居もできるから、時間が余りすぎるようなら行ってみるといい」

スイーツも美味しいよ、とすすめられた店の名前をしっかりメモし、お礼を言って通話を終わらせた。通話終了キーを押す直前の『おやすみ』という声が耳に残る。やさしい声のおかげで、今夜もよく眠れそうだった。


翌朝、日和が目覚めたのは午前八時二十分だった。

歩き回った疲れと蓮斗の声のおかげでとてもよく眠れたが、ちょっと寝過ぎた。ホテルの朝食が九時までだったことを思い出し、大慌てで朝食会場になっているレストランに向かう。

ほかの客はもうとっくに食べ終わったのか、レストランには日和ひとりだけしかいない。のんびり朝食を済ませられるのはいいが、終わり間近のせいかビュッフェのお料理も残り少ない。

それでも焼き鮭や里芋《さといも》のそぼろ煮、スクランブルエッグにウインナーはあったし、生野菜も十分残っていた。小さくて丸いパンとご飯の両方、とどめに温泉玉子までゲットして、いつもながらの和洋折衷モーニングセットが完成した。

冷蔵庫に『ラヂウム玉子』が八個も入っているのに、ここでも温泉玉子を食べちゃうなんて、と

スワンシュークリームと円盤餃子
福島

半ば呆れながら食べた温泉玉子は、黄身がねっとりと甘くて醤油とよく合う。甘みをほとんど感じない醤油に東北にいることを実感する。

　そのうち、醤油を舐めただけで北にいるのか南にいるのかわかるようになりそう……と思いながら食後のコーヒーを堪能し、部屋に戻った。

　午前九時四十分、出発準備は完了したが依然として行き先は決まらない。

　ランチは昨日行けなかった駅前の餃子屋さんで食べるにしても、お昼までにはまだ二時間以上あるし、朝一番で喫茶店に駆け込むのもちょっと違う。

　ホテルのチェックアウトは十一時だから、それまでここにいることはできるけれど、ただじっとしているのはもったいない。駅の観光案内所に行けば面白い場所が見つかるかもしれない、と考えた日和は、ホテルを出て福島駅に向かうことにした。

　駅に着いた日和は、まずは荷物をコインロッカーに預けた。身軽になって、さて……と周りを見回したとき、ロータリーにバスが入ってきた。

　昨日『あぶくま親水公園』に行ったときに乗ったようなオレンジとクリーム色ではなく、黒と赤を基調に、サイドに五線譜と音符を入れたいかにもレトロなデザインだ。おまけに、なんだか賑やかな音まで出している。

　あれはなんだろう、と急いで調べた結果『古関裕而《こせきゆうじ》メロディーバス』なるものだとわかった。

　一瞬、『だれ!?』となったけれど、古関裕而は福島出身の作曲家で、映画やスポーツ関連の曲をたくさん作った人らしい。検索結果にずらりと並ぶ曲名を見てはっとする。

――『栄冠は君に輝く』って甲子園《こうしえん》の歌だよね。『阪神《はんしん》タイガースの歌』って『六甲《ろっこう》おろし』のことじゃない？　『イヨマンテの夜』もどこかで聞いたことがあるし、『モスラの歌』も……え、『長崎の鐘』もこの人なの!?

守備範囲広すぎない？　と驚くとともに、古関裕而への興味が湧き上がる。このバスに乗れば『古関裕而記念館』に行ける。しかも『古関裕而メロディーバス』は一日乗り放題のフリー券が五百円で買える。乗り換えアプリによると、福島駅から『古関裕而記念館』に行くにはバスで片道二百八十円。単純に往復するだけで十分元が取れてしまうのだから、買わない手はない。

バス案内所でフリー券を買い、停留所に向かう。

停留所には、さっき入ってきたバスが待っていた。日和のほかにも、あのレトロな車体を見て興味を覚える人がいそうだ。けっこう長く停車するのは、宣伝目的もあるのかもしれない。

午前十時三十五分、バスは予定どおりに発車した。

町中をこんなバスが走っていたら、日和なら二度見する。けれど、道行く人は誰ひとり振り返ったりしない。見慣れているのだろうけれど、せっかくかわいいバスなんだから、もっと見てあげてよーと言いたくなってしまった。

レトロで賑やかなバスは走り続ける。なんだか見覚えがあると思ったら、昨日『あぶくま親水公園』に行ったときと同じルートのようだ。そういえば、『古関裕而記念館』はここでお降りが便利です、という案内を聞いた気もする。昨日はハクチョウを見ることで頭がいっぱいだったけれど、今は古関裕而という作曲家が生み出した曲の数々を聞いてみたくてならなかった。

スワンシュークリームと円盤餃子

福島

乗車から十分少々でバスは『古関裕而記念館』に到着した。

案内板に従って歩き、入り口で入場券を買う。

電子マネーも使えると書いてあったので、交通系のICカードで払おうと思ったらなんだかうまくいかない。諦めて財布を出そうとしたとき、受付のお姉さんが来てくれた。来てくれたと言うよりも『飛んできた』という感じの迅速ぶりで、さぞやICカードで払おうとしてうまくいかない人が多いのだろう、そのたびに説明に飛んでくるのは大変すぎる。うまく操作できないのはこのお姉さんのせいじゃないのに……と同情までしてしまった。

「ごめんなさい。ちょっとわかりづらいですよね」

お姉さんは、謝りながら操作を代わってくれた。利用者ではなく機械が悪い、と言わんばかりで、人の好《よ》さが溢《あふ》れかえっているようだ。

かわいくて賑やかなバスでやってきて、こんなに優しい人に迎えられた。それだけで来た甲斐《かい》があったというものだ。

お姉さんに入場券を買ってもらい、そのまま中に入る。のっけからいい気分で歩いて行くと、巨大なモニターが設置されたロビーがあり、映像とともに古関裕而が作った曲が流れている。

座り心地抜群に見えるソファもたくさん並べられているし、それほど人もいない。記念館そのものはそう大きくはないから全部見たとしてもさほど時間はかからない。『古関裕而メロディーバス』は一時間に一本しかないが、時間が余ったとしてもここで待っていればいい。なんて素晴らしい、と褒め称えながら、日和は古関裕而の生涯をたどり始めた。

第一話

一時間後、日和は福島駅に向かうバスを待っていた。

見学にかかったのはおよそ三十五分、残りの時間はロビーのソファに座っていた。ただ、大画面の映像や音声に興味を引かれることはなかった。けっして退屈していたわけではない。ひたすら、古関裕而とその妻に想いを馳《は》せていたのだ。

古関裕而の妻、金子《きんこ》は独学でオペラ歌手を目指していたある日、作曲の道を歩む古関裕而の存在を知った。自分同様に独学にもかかわらず、イギリスの音楽コンクールで話題になるといった古関裕而の才能に感銘を受けて手紙を送ったことをきっかけに、ふたりの交際が始まり、やがて結婚に至った。

自分から手紙を送るという積極性もさることながら、三ヶ月という短い期間での結婚、しかもその大半は遠距離恋愛だったというから驚いてしまう。

ふたりが結婚した一九三〇年といえば、まだまだお見合いで結婚する人も多かったのではないかと思う。にもかかわらず、女性のほうから働きかけての恋愛結婚にはため息しか出ない。

出会ってから何年も、蓮斗の想いを想像しては舞い上がったり落ち込んだり……もどかしい時間を過ごした。自分が金子の半分でも積極的だったら、蓮斗との交際はもっと早く始まっていたのかもしれない。

けれど、もしも自分が金子のような女性だったら、そもそも蓮斗に出会うことはなかった。熱海の『小沢《こさわ》の湯』で茹《ゆ》で卵用の卵を六個も買うことがなければサービスの塩をもらうこともなく、蓮斗に塩をあげることもなかった。

あのころの日和は、店の人に、卵はひとつでいいことすら伝えられないほどの人見知りだった。日和のほうが順番は先だったけれど、一緒に茹でさせてくれという蓮斗の申し出も断れず、ふたりして卵が茹であがるのを待った。そして、自分の茹で卵を食べ終わってなお、塩をつけて食べている日和を羨ましそうに見ていた蓮斗を見かねて、茹で卵と塩をセットで差し出した。

その後、偶然が重なって何度も彼と出会ったけれど、そのたび日和は困り果てていた。無理して歩いて疲れ果てていたり、道に迷っていたり……どれも、おそらく金子のような女性なら陥らなかった事態ではないかと思うが、日和がこんなふうでなければ蓮斗との縁は続かなかっただろう。

自分と金子は全然違う。それでも、古関裕而と金子が遠距離恋愛の果てに結ばれたという事実が嬉しい。

当時は、今ほどコミュニケーションツールは発達していなかった。頻繁に会うことは叶《かな》わず、インターネットなど夢のまた夢、手紙を出しても届くまでに相当な日数がかかったに違いない。思いを伝えようとするたびに生まれるタイムラグは、どれほど恋愛の障壁になったことだろう。

それでもふたりは愛を貫き、結婚後もずっと仲良く暮らした。このふたりに比べれば、蓮斗と自分の交際が難しいわけがなかった。

大丈夫、きっと続けていける——日和は柔らかいソファに座りながら、嬉しい予感に包まれていた。

第一話

十二時二分、日和は再びレトロで賑やかなバスに乗って福島駅に戻ってきた。

昨日断念した餃子屋さんはロータリーに面していて、パッと見た感じでは行列ができている様子はない。これなら……と行ってみると、店の中に三人ほど待っている人がいたものの、お昼の餃子屋さんなら回転は速そうだし、これぐらいならすぐに順番が回ってくるだろう。

受付に置かれていた紙に名前を書き、いったん外に出て待つ。自分が行列の先頭か、と思うと妙に嬉しかったが、『先頭』を楽しむ間もなく名前を呼ばれた。どうやらテーブルは空いているのに片付けが追いついていなかっただけらしく、まとめて片付けて客を案内したようだ。

ふたりがけのテーブルに着き、メニューを捲る。

メニューに載っている写真を見ると、ほぼ揚げ餃子だった昨日の店よりも『焼き餃子感』が強い。これならご飯に合うだろうな、と十一個入りの『半皿』とご飯セットを頼もうとしたところ、となりの席から元気な声が聞こえた。

「ジョッキ生と餃子！」

声の主は、日和より少し上の年代らしき女性だった。日和同様『おひとり様』で、注文を終えるなりタブレットを取り出してなにかを見ている。カチッとしたスーツ姿だし、脇にキャリーバッグを置いているから、出張の帰りなのかもしれない。

――無事に仕事を終えて、帰る前にご褒美のビールってことかな……

かっこいいなあ……と思いながら見回すと、半分ぐらいのテーブルにお酒のグラスが載っている。中には日本酒らしきグラスもあって、さすがは日曜日という感じだ。ご飯セットを頼もうとしていた日和は、あっという間に気が変わった。

「餃子半皿とグラスビールで！」

ビールも餃子も隣の女性の半分にしたのは、仕事ではなく完全に遊びだという意識……からではなく、単にこの先の予定を考えてのことだ。

帰りは午後四時四分発の新幹線に乗ることになっている。チケットによっては、時間が余ったら早く帰るといった変更も可能だが、今回日和が使ったポイント交換の乗車券は時間変更できない。

とにかく午後四時過ぎまでは帰れないのだから、昼ご飯のあとも観光は続く。軽く楽しむぐらいならいいが、酔っ払うわけにはいかない。

さらに、昨日蓮斗に教えてもらった喫茶店も気になる。電話を切ったあと調べてみたら、ものすごく美味しそうなデザートがたくさん紹介されていた。あれを食べるためにも、少しお腹を空けておく必要があった。

注文からしばらくしてグラスビールが届いた。隣のテーブルには、ビールも餃子も届けられ、女性が豪快に呑み食いしている。数分前に届いたばかりなのに、ジョッキも餃子もすでに半分しか残っていない。よほどの喉の渇きと空腹を抱えていたのか、単なる呑兵衛《のんべえ》、あるいは電車の発車時刻が迫っているのか……などと思っているうちに、日和のテーブルにも餃子が届いた。

早速食べてみると、昨日の店ほどではないがやはり皮はパリパリだ。これはやっぱりご飯よりビールに合うかもしれない。

そもそも梶倉家では餃子のときにご飯は出てこない。本場の中国では餃子は餃子だけ、ご飯なんて一緒に食べないのよ、という母の主張に家族全員で従っているのだが、誰も文句など言わない。特に兄や日和が成人してビールの味を覚えてからは、餃子といったらビール、どうしてもご飯が食べたければあとでお茶漬けでも食べなさい、というシステムが確定したのだ。

家でそうなら外でだって同じ、昼間っからビールを頼んじゃったのはお母さんのせい！　とひどすぎる責任転嫁でビールとともに餃子をどんどん食べていく。気がつけば、グラスもお皿もすっかり空っぽで、隣の女性のスピードに大いに納得する。

お腹が空いていたわけでも、電車の発車時刻が迫っているわけでもない。ただこの餃子が美味しかっただけなのだ。

そっと目をやると、隣の女性のジョッキは空、餃子は三分の一ほど残っている。その状態で再びメニューを開いたかと思ったら、すぐに店員を呼んだ。

「イカニンジンとヒロキ！」

――イカニンジンって、ニンジンとスルメイカの漬物みたいお料理よね。福島の郷土料理でホテルの朝ご飯にも出てたっけ。すごくご飯に合いそうだけど『ヒロキ』って……？

おそらくお酒の名前だろう、とメニューを開いてみた日和は、小さく息を呑んだ。『ヒロキ』というのは日本酒の名前で『飛露喜』と書くとわかったからだ。

『飛露喜』は日和の父のお気に入りの酒らしい。『らしい』というのは、父が呑んでいるところを実際に見たことがないからだ。

父によると、かなり稀少《きしよう》な銘柄でもう何年も呑めていない。日和が父のお気に入りだと知ったのも、家族で行った料理店の日本酒リストにこの銘柄が入っていたからだ。ただ、そのときも父は呑むことができなかった。喜び勇んで注文しようとしたものの、『あいにく品切れで』と言われてしまったのだ。

品薄なのは知っていたけれど、それなら最初から載せないでくれ、と肩を落とした父の姿が忘れられない。

その『飛露喜』がメニューに載っている。これは是非とも……と思ったとき、店員の無情な声が聞こえた。

「すみません。今日はあいにく……」

「あー、やっぱり品薄？」

「そうですねえ。あるときはあるんですけどね」

「あんまり造ってないし、人気だものね」

隣の女性はあっさり頷き、別の銘柄を注文した。どうやらこの女性も『ダメ元』で注文してみただけらしい。ますます呑んでみたい気持ちが募る。けれど、地元かつ付き合いがずっと続いていそうな飲食店ですら手に入らないのであれば、観光客が土産に買うことは難しいのだろう。

あらゆるものは一期一会、憧れが全部叶うはずもない。いつかどこかで出会えればいいな……と思いながら、日和は席を立つ。店の外にできている長い行列に、さっさと食べてよかったと安堵《あんど》した。

——あと三時間か……さて、どうしようかな……

第一話

現在時刻は午後一時ちょうどだ。もう一度飯坂温泉に行って『鯖湖湯』に入ることも考えたが、飯坂温泉行きの電車はついさっき発車したところで、次は午後一時二十五分発となっている。それに乗ったとして、飯坂温泉駅に着くのは午後一時四十八分、『鯖湖湯』まで五分歩いて温泉に入り、戻ってくる。無理ではないが、時間を気にしながら温泉に浸かるのは情緒がない。

まあ、飯坂温泉の熱いお湯は昨日堪能したということで、日和はほかの行き先を探すことにした。


午後一時三十分、日和は二十五分の散歩を経て福島県立美術館に到着した。

実は、福島駅から福島県立美術館へは電車でもバスでも行ける。『古関裕而メロディーバス』ならフリー券を持っているので、追加支出ゼロで乗れるのだが、次の発車が午後一時三十分だし、電車も飯坂線なのでやはり午後一時二十五分発だ。

道案内アプリによると徒歩二十三分とのこと。それなら電車やバスより早く着けるし、駅でぼーっと待っているよりもずっといい、との判断で歩いてきたのである。

福島県立美術館の玄関前広場はとんでもなく広かった。広場なんだから広いのは当たり前だ、と言われそうだが、世の中には名ばかりの広場が多い。芝生がきれいに敷かれているし、大きな噴水もある。ここまでちゃんとした広場は久しぶりに見た、と思いながら進んでいくと、建物に続く歩道が左右に分かれている。案内板によると、右は図書館、左が美術館となっていた。

なるほど、図書館と美術館が一ヵ所にあるのか。それなら玄関前広場もふたつ分だから広くて当然だ、と妙に納得してしまう。

歩いてきたし、いっそ図書館に行けば入館料も無料だな、と思ったけれど、日和は旅先で図書館に入るほどの本好きではない。そもそも今回は新幹線代はポイント頼りだったし、食事もラーメンと餃子という比較的お値打ちなものばかり。宿にしてもごく普通のビジネスホテル、温泉だってレンタルタオルセット込みで六百八十円なので、相当お金のかからない旅となっている。美術館の入館料ぐらい払ってもいいし、施設の維持のためにも払うべきだろう。

ところが、さてさて……と行ってみた美術館の入り口で、日和は思わず笑いそうになった。企画展が千円、常設展の入場料はなんと二百八十円だ。企画展は日和にはちょっと価値がわからなそうな内容だったので、常設展をゆっくり見ればいいと思って来たのに、これでは施設維持に協力できそうもない。これもご縁だ、と思いつつ、企画展と常設展の両方を観ることにした。

午後三時、日和はまたしてもレトロで賑やかなバスに乗って福島駅に戻ってきた。

本音を言えば、もう少し美術館で過ごしたかったのだが、一時間に一本しかないバスに合わせて切り上げた。それでも、一九三七年生まれの日本を代表する木版画家、黒崎彰《くろさきあきら》の作品たちは、企画展のタイトルに『小宇宙』と入れたくなる気持ちが十分わかるほど完成された世界観を伝えてきた。赤と黒が多用される作品はあのレトロなバスを思い起こさせるし、これらの作品は福島県出身の精神科医金子《かねこ》元久《もとひさ》氏が収集したものだそうだ。

古関裕而の妻も金子、この収集家も金子だ。古関裕而の妻は『きんこ』で、精神科医は『かねこ』ではあるが使われている漢字は同じで、バスの色まで合わせて、なんとなくすべてが繋《つな》がっているような気がしてくる。

だが、日和が一番気に入ったのは、福王寺《ふくおうじ》法林《ほうりん》の『バドガオンの月』という作品だった。絵のサイズがとても大きく、壁一面に青色をベースとした夜景が広がっていた。闇に沈む町と輝く月の対比が素晴らしい。絵はがきを探してみたが見つからず、とても残念だったけれど、ふらりと行った美術館で、お気に入りの一枚を見つけられただけで十分と思うことにした。

福島駅のバスロータリーから蓮斗が教えてくれた喫茶店までは徒歩二分、帰りの新幹線を待つのにちょうどいい場所である。

わかってるなあ、と改めて感動しつつ階段を下りていくと、古びたドアがあり、入ってみると間口からは考えられないほどの席数があった。

ラーメン店も似た感じだったが、福島はこのパターンが多いのかしら、と思いつつ、案内されたカウンターに座る。

目の前にはいくつものサイフォン、カウンターの奥には様々な色やデザインのコーヒーカップが並ぶ。テーブルや椅子も深い茶色、壁に張られたポスターもどこか昭和風味……昔ながらの喫茶店そのもので、時間すらゆっくり流れているような気がした。

三十分近い散歩のあと、のんびりとはいえ美術館を歩き回った。お昼に食べた餃子はとっくに消化されている。ちょうどおやつの時間だし、なにか食べておかないと家までもちそうにない。そこで日和はコーヒーと、人気ナンバーワンとされるババロアを注文することにした。

「でかっ……」

スワンシュークリームと円盤餃子

福島

この声を上げたのは、今回の旅で二回目だ。

さすがに周りに人がいるから、ハクチョウのときほど大きくはなかったけれど、思わず口にせずにいられなかった。

ケーキ屋さんやコンビニ、ファミレスで見るババロアとは桁違《けたちが》いの大きさだし、盛り上げられたクリームの量がすごい。しかもホイップクリームではなくソフトクリームだ。白と茶色の二色なのは、注文する際にバニラ、コーヒー、ミックスのどれにするかを訊かれてミックスと答えたからだ。

それにしても大きい。日和はアイスクリームよりもソフトクリームが好きなので、大喜びで注文したものの冬のさなかにこの量を食べきれるだろうか、と不安になる。ところが、真の不安は食べきれるか否かではなかった。

——ちょっと待って、あんたはソフトとは言ってもアイスでしょ？ そんなに簡単に固体を諦めちゃ駄目ー！

スプーンで掬う端からソフトクリームが溶けていく。入った瞬間はほっとした店の中の暖かさが、完全に裏目に出ていた。

溶けるのと食べるのとどちらが早いか、と途中までは頑張っていた。だが、ふと我に返った。おやつを食べるのにここまで躍起になるのはおかしい。ソフトクリームが溶けたところでババロアに絡むだけだし、むしろいい感じに風味が増すかもしれない。半分ほどソフトクリームを食べたあと、日和はスプーンを置いてコーヒーカップに口をつけた。

お店の味を知るにはブレンドコーヒーが一番、と頼んでみたのだが、こちらも昨日の川縁のカフェ同様、しっかりした風味と苦みがあるコーヒーで甘いデザートにぴったりだ。

福島のコーヒー文化は、デザートありきなんだろうか……と思いながらもババロアとコーヒーを交互に味わう。デザートで冷えた口の中をコーヒーで温め、またデザートを一口。気がつけば、電車の発車時刻が迫っていた。

カップに残ったコーヒーを飲み干し、支払いを終えて階段を上がる。迫っていると言っても、まだあと二十分ほどある。切符はもう持っているのだし、旅を重ねてお土産を選ぶのも早くなった。それだけあればお土産ぐらい買えるはずだ。

——お父さんに頼まれた温泉饅頭《まんじゅう》みたいなお饅頭と、お母さんが大好きな黄色い包み紙のチーズケーキは同じお店の製品だし、昨日のうちに売場は確認しておいた。『ラヂウム玉子』も買ったし、あとは……そうだ『みそしそ巻』！

『みそしそ巻き』は甘辛い合わせ味噌を青じその葉で巻いて作る。福島だけでなく東北地方全体に伝わる郷土料理だが、油で揚げるため青じその葉はサクサク、お酒のおつまみにもご飯のおかずにもぴったりだから、両親も喜んでくれるに違いない。

目当てのハクチョウをしっかり見て、お気に入りの絵も見つけた。美味しいものもたくさん食べたし、素敵なお土産も見つかった。旅の満足感に、日和は足取り軽く駅に向かった。

第二話　佐賀

――絶品ゲソ天と温泉湯どうふ

第二話

「梶倉さん、元気だった？　いいお休みだった？」

間宮《まみや》麗佳《れいか》がそんな声をかけてきたのは一月四日、仕事始めの朝のことだった。

麗佳は日和の隣の席で、入社以来お世話になりっぱなしの同僚だ。さっぱりした性格、かつどんな問題も右から左へと片付けるとても頼りになる先輩だった。

仕事納めから顔を合わせていなかったので、こんなふうに挨拶《あいさつ》されることに違和感はないが、必要以上に下がっている目尻《めじり》が気になった。

「おかげさまで。麗佳さんもゆっくり過ごされましたか？」

「私は自分と浩介《こうすけ》の両方の親元に帰ったから慌ただしかったけど、行った先ではゆっくりさせてもらったわ」

実家でゆっくりできるのは当たり前かもしれないが、夫の生家でものんびりさせてもらえるのはありがたい。嫁虐《いじ》めとは無縁の家でよかった、と麗佳はにっこり笑った。

そんな心配をしていたのか、と日和は少々意外な気がする。そもそも麗佳が夫に選ぶような人を育てた親が、嫁虐めなんてくだらないことをするはずがなかった。

麗佳は、こればっかりは蓋《ふた》を開けてみないとわからないものよ、なんて達観したように言ったあと、改めて日和に訊《たず》ねた。

「で、蓮斗とは会えたの？」

この単刀直入さは彼女の性格のみならず、麗佳夫婦と蓮斗は日和と出会う前からの仲、とりわけ夫の浩介は今も同じ会社で働く親友だからこそだ。麗佳がいなければ蓮斗との再会もなく、交際が始まることもなかった。仲人の役割を果たしてくれた麗佳にのみ許される質問だった。

「はい。お正月に一緒に初詣に行きました」

「初詣！ それは素敵ね。蓮斗も元気だった？ 痩《や》せたり太ったりしてなかった？」

そういえば、蓮斗は今回浩介夫婦に会えなかったと嘆いていた。

蓮斗はこちらのアパートを引き払って博多に引っ越したので、年末年始は親元で過ごした。時間的には可能な日程だったのだが、浩介たちが里帰りしたせいで会えなかったそうだ。

別に会えなくても……なんて言っていたが、こうやって体形まで気にかけるところを見ると、麗佳たちも寂しかったに違いない。

「こちらにいたころと変わってませんでしたよ。あ、でもちょっとおしゃべりになったかも」

「あいつ、前からけっこう饒舌《じょうぜつ》だったじゃない。それ以上におしゃべりになっちゃったの？」

「そういえば……」

人――特に男性の中には、説明というか、言葉が足りない人もいる。あと一言、二言付け加えてくれれば真意が伝わりやすいのに、と思っても、もともとの性格だからどうしようもない。

どうしてもわからないときは訊ねればいいようなものだが、かつての日和はあまり突っ込んだ質問もできず、人間関係がうまくいかなかったこともあった。

第二話

だが、蓮斗に関してはそういったことが一切なかった。こちらの質問はもちろん、知りたいと思ってもロに出せないようなことまで察して説明してくれることまであった。

かなり適切に言葉を使う、補足質問がいらない人、というのが蓮斗に対する日和の認識だが、麗佳に言わせると、それこそが男性としては少数派でかなりのおしゃべりである証明らしい。

その上『類は友を呼ぶ』というか、浩介もその傾向が強く、あのふたりが一緒にいると賑《にぎ》やかなのを通り越して喧《やかま》しい、と麗佳は嘆く。確かに、三人の中で一番物静か、言葉が少ないのは麗佳かもしれない。ただし、その少ない言葉は適切かつ鋭利、ときには辛辣《しんらつ》すぎるので、男性ふたりが絶句させられることも多いに違いない。

いずれにしても、もともと言葉数が多い蓮斗がさらにおしゃべりになったと聞いて、麗佳が驚くのも無理はなかった。

「それじゃあ、うるさくて仕方がないわね。会えなくて正解だったかしら?」

「ぜんぜんうるさくないですよ! 蓮斗さんのおしゃべりはとっても楽しいです!」

思わず言い返した日和に、麗佳は目を細めた。

「はいはい。そうでしょう、そうでしょう。私が野暮でした。付き合い始めたばかりのカップルが黙り込んでるほうが異常よね」

「それはそうですけど……どっちかっていうと、蓮斗さんは会話に飢えてるのかも」

「会話に?」

「はい。特にプライベートな、たわいない会話に」

「それはあるかもね。あいつ、出世して向こうに行ったから、けっこう肩肘を張ってるでしょう。如才ないから、それなりの人間関係は作れてると思うけど、職場にまだ本音で話せる人がいないって感じ」

「でしょうね……電話もかなりかかってきますし。あ、でも声が聴けて私はすごく嬉《うれ》しいです」

「わかってるわ。それでもなお、会ったら会ったでしゃべりまくる。付き合い始めのバカッ……あ、ごめん。聞かなかったことにして」

「平気ですよ、実際そのとおりですから。でも、職場はちょっと心配ですね……」

「まあ大丈夫よ。蓮斗の異動は十一月一日付だったでしょ？　まだ二ヶ月しか経ってないんだから、それで馴染《なじ》みまくってたら恐いわ。いくら『コミュ力お化け』の蓮斗でもね」

『コミュ力お化け』は言い得て妙、とふたりして笑う。そして麗佳は、ひどく優しい目になって言った。

「とにかく、あいつが寂しがってるのは確かね。お正月をこっちで過ごして、梶倉さんはもちろん、家族にも会ったあとまたひとり。次にこっちに帰ってこられるのはゴールデンウィークか、もしかしたらお盆かも……」

「そうですよね……」

「会いに行ってあげたら？」

「え？」

「え？　じゃないわよ。有休はまだ余ってるでしょ？　年度末まで三ヶ月、サクサク予定を立てて

第二話

消化しなさい」

「でも、有休は麗佳さんだって余ってますよね？」

「私は今年度分は諦《あきら》める。でも、来年度はたっぷり休ませてもらうわ」

「今年は諦める？　どうしてですか？」

そこで麗佳は、首を傾げた日和の耳元に口を寄せて囁《ささや》いた。

「来年あたり、海外に行きたいなあって」

「海外……どの辺にですか？」

一口に『海外』と言っても、無理すれば日帰りできる国もあれば、行くだけで一日、乗り継ぎによってはそれ以上かかる国もある。

日和の旅の指南役でもある麗佳は、国内は言うまでもなく海外旅行の経験も豊かだ。その麗佳がわざわざ事前告知めいた発言をするからには、かなりの遠距離である可能性が高い。

海外はおろか、国内旅行ですらままならなかった時期が過ぎつつある今、遠方に行きたい思いが強くなっているのだろう。

日和の問いに、麗佳は少し考えて答えた。

「まだ具体的には考えてはいないんだけど、これまで行ったことがない国がいいわね。アメリカもヨーロッパもけっこう回ったし、あ、南半球とか？」

「南半球!?」

魅力的なところには違いないが、ちょっと遠すぎる。会社を休むのは正当な権利だけど、あまりにも長すぎるとやはり不安が大きい。総務課において業務の中心を担っている麗佳だけに、留守番役を果たす自信がなかった。

明らかに動揺している日和を見て、麗佳が噴き出した。

「なんか、とんでもない場所を想定してない？　飛行機を乗り継いで丸二日とか」

「南半球ってそんな感じかなって……」

「そこまで大変な旅は考えてないわよ。行くとしても、オーストラリアかその近辺かな」

「オーストラリア……それは素敵ですね！」

オーストラリアなら、一週間もあればそれなりに楽しめそうだ。もともと土日は休みだから、有休を使うのはもっと少ない日数になる。それぐらいなら麗佳が不在でもなんとかなりそうな気がした。

「時差もほとんどなくて、直行便がある。なにより英語が通じるからストレスが少ないわ」

「そうですね……」

ため息が漏れそうになった。

麗佳は当たり前のように言うが、英語が通じたところで、英語が堪能でなければ意味がない。外国人に道を聞かれたら、英語はわかりません！　と逃げ出しそうになる日和にとって、まったく安心材料にならない。平然とストレスが少ないと言い切れる麗佳はさすがだった。

——海外か……いつかは行きたいと思うけど、準備しなきゃならないことがいっぱいあるな……

とりあえず英会話でも始めてみようか。今はアプリでも勉強できるらしいから、隙間時間を使え

第二話

ばなんとかなるかもしれない、などと考えていると、麗佳が言った。

「ということで、私は来年まとめてお休みをいただくかもしれない。私が休んだら梶倉さんに負担がかかるのは間違いないから、今のうちに心構えをしておいてね、というお知らせ」

「了解です。いい時季に休めるといいですね」

「ありがと。あー、なんかすごく楽しみ！」

ゴールデンウィークとかお盆、年末年始といった長期休暇期間はどこも混み合う。できれば閑散期を狙いたいが、業務との兼ね合いもあるから休めない可能性も高い。そのときは、短い休みを何度か取って、国内でも交通の便が悪い離島巡りでもする。どちらも島に違いないから、と麗佳は言う。

「どちらも島って……日本の離島とオーストラリアじゃ規模が違いすぎませんか？　そもそもオーストラリアって大陸ですよ？」

「分類上はそうかもしれないけど、海の真ん中にぽっかり浮いてるんだから島よ」

その達観ぶりもさることながら、あらかじめ心構えをさせてくれるところが、いかにも麗佳らしかった。

「ってことで、梶倉さんは休んで」

「はい。でも、二月に三連休があるからそこでいいかなと」

「そっか……三連休があったわね。それなら一日くっつけて三泊にしたら？」

「三泊……」

絶品ゲソ天と温泉湯どうふ
佐賀

「九州《きゅうしゅう》だったら飛行機を使えるし、あっちでのんびりできるんじゃない？」

博多までなら新幹線で行けなくもないが、東京からでは時間がかかりすぎる。移動に時間をかけるぐらいなら飛行機を使って、あちらで過ごす時間を増やすほうがいい。さらに、飛行機代は同じなのだから、ついでにほかのところも回ってくればいい、というのが麗佳の考えだった。

「でも、私は……」

日和としては博多だけで十分だ。ほかのところなんて……と答えるより早く、麗佳は日和の目の前で人差し指を左右に揺らして言った。

「博多に直行直帰なんてもったいないわ。それに、そんなことをしたら蓮斗がつけあがっちゃう」

「つけあがる⁉」

「そう。もうね、『そんなに俺に会いたかったのか！』って得意満面よ。そんなの許せないわ」

「麗佳さーん……」

「というのは冗談。でも、せっかく行くんだからちゃんと旅行も楽しめばいいじゃない。九州で行ってない場所、まだたくさんあるでしょ？」

これまで九州には二回行っている。一度は博多、二度目は熊本から入って宮崎、鹿児島ととんでもない距離をドライブしたが、どちらもとても楽しかった。九州は風光明媚《めいび》だし、美味《おい》しいものもたくさんある。せっかく行くのだからほかの場所も、という意見に反論の余地はなかった。

それに、蓮斗に会うためだけに旅をするのは、彼をつけあがらせるというよりも、負担になりそうだ。一途には違いないが、『重たい女』とは思われたくなかった。

「じゃあ……ほかの場所も考えてみます」

「それがいいわ。ひとりの時間とふたりの時間をうまく取り混ぜられるといいわね」

そして麗佳は自分のパソコンを立ち上げる。それを見た日和も、慌てて電源スイッチを押す。

時刻は午前八時五十七分、今年最初の仕事が始まった。

第二話

翌日、夕食を終えた日和はベッドに寝転んで九州旅行のスケジュールを立てていた。本当は昨日のうちにやってしまいたかったのだが、旅の予定を立てるには案外時間がかかる。ホテルや飛行機、電車の時間などを調べているうちに日付が変わっていた、なんて何度も経験している。睡眠不足は仕事に障る、ということで、あえて金曜日の夜を待ったのだ。

宿や移動手段を検索しては、メモアプリに予定を入力していく。

九州の玄関口と言われる福岡市博多区には、極めて交通の便がいい空港がある。

空港と駅が隣接していて、飛行機から降りた足で電車に乗り込めば二駅、時間にして六分で博多駅に着いてしまう。博多区全体が一大観光都市となっているし、そこから九州各県に移動できる。

博多そのものは前回の旅行で存分に楽しんだし、今回はほかの場所に行ってみたい。とはいえ、あまり博多から遠くまで行くのも難しい。

蓮斗に相談すれば、絶好の旅行プランを立ててくれるかもしれないが、心のどこかに『サプライズをしてみたい』という気持ちがあった。

――さすがに当日では迷惑すぎるけど、しっかりプランを練り上げておいて、博多にも寄ります

絶品ゲソ天と温泉湯どうふ

佐賀

けど会えますか？　なーんて言えたら格好いいんじゃない？

麗佳なら余裕でやりそうなことだが、果たして自分にできるだろうか。でも、とりあえず挑戦、とばかりにプランを練る。

今回の行き先としては、福岡から近い長崎、どうせなら二県の間にある佐賀にも行ってみたい。長崎はハウステンボスや旧グラバー邸、平和公園もあるし、なにより夜景が素晴らしい。観光客はもちろん修学旅行で訪れる生徒も多く、九州観光における人気も高い県である。

一方、佐賀は少々寂しく、佐賀に見所なんてない、と貶《けな》す人もいる。けれど、日和の意見はちょっと違う。佐賀は伊万里《いまり》、有田《ありた》、唐津《からつ》、鍋島《なべしま》といった焼き物で有名だし、呼子《よぶこ》に行けば朝市もある。呼子の朝市は輪島《わじま》、勝浦《かつうら》と並んで日本三大朝市のひとつとされ、獲れたてのイカが味わえる。函《はこ》館《だて》に行ったときに不漁で活イカが味わえなかった身としては、今度こそ向こうが透けて見えるような活イカを食べてみたい。

博多から入って佐賀、長崎を巡る。蓮斗に会って、活イカを食べて、長崎の夜景を眺める。想像しただけでワクワクしてくるではないか……

ところが、大まかな予定を立て終え、宿や飛行機の手配をしようとしたとき、スマホにメッセージの着信通知が表示された。

送り主は蓮斗、こともあろうに、二月の三連休にご両親が博多にやってくるという知らせだった。

『そうなんですか！　それは楽しみですね！』

『楽しみ半分、面倒半分ってとこかな。どこに連れていったらいいんだろ』

第二話

『福岡は見所がたくさんありすぎて悩みますよね』

『そうなんだ。俺と親父たちじゃ、面白いと思うところが違うだろうし。ま、適当でいいか』

まさか日和が九州旅行を企んでいるなんて思いもしない蓮斗は、気楽なメッセージを送ってくる。

しばらくは頑張ってやり取りを続けていたが、どうにも耐えられなくなった日和は、その時点でサプライズを断念、九州旅行を計画している旨のメッセージを送った。

次の瞬間、スマホの呼び出し音が鳴り響いた。

「来てくれるの!? 二泊三日!?」

「一日有休を使って、三泊四日の予定です」

「もしかしてずっと福岡!?」

「それはさすがにご迷惑でしょう」

「迷惑なわけないじゃないか！ ずっと福岡でぜんぜん……あ……」

そこで蓮斗は言葉を切った。どうやら、ほかにも訪問者がいることを思い出したらしい。

「ごめん……いや、待って、親父たちをキャンセル……」

「だめですよ！」

「だよな……あーあ、親父たちは旅行なんて滅多にしないくせに、よりにもよって……」

「そんなこと言ったらお気の毒ですよ。それに、私は金曜日に佐賀、翌日長崎に行って、三日目に博多に行く予定でしたから、問題ありません。それに蓮斗さん、『ひとりでもふたりでも旅は楽しい』って言ってたじゃないですか。ひとりとふたりを一度の旅で楽しめるなんて最高です」

絶品ゲソ天と温泉湯どうふ

佐賀

「そっか……確かにね。佐賀から長崎経由で福岡、うん、楽しそうなルートだ」

蓮斗は諦め気分ながらも、日和の計画を褒めてくれた。

ただ、日和にしてみれば、褒めるべきはそこではない。とっさに、ついさっきまで考えていたのとは違うルートを告げたことだった。

蓮斗の両親は、連休二日目の昼過ぎに帰京するという。このルートなら、彼の両親の出発後に日和が福岡に着くようなスケジュールにできる。実際はすべての予定を組み直しになるが、そんなことを彼に告げる必要はない。ただでさえ千客万来で大変なのだから、せめてどちらの予定も変更せずにすんでよかった、と思ってほしかった。

それに、麗佳がなんと言おうが、今回の旅のメインイベントは『蓮斗に会う』だ。旅の初っぱなにメインイベントが来てしまうと、あとの旅が楽しめないおそれがある。さらに、蓮斗に会ったときに長崎や佐賀の話ができたほうが、より一層旅の満足度が上がりそうだ。

そして日和は、メモアプリに入力したスケジュールを全部消し、新しいスケジュールのための検索を始めた。

二月初旬、明日から三連休が始まるという金曜日の午前十時四十分、日和は羽田《はねだ》空港の搭乗ゲート前で待機していた。

モニターに表示された搭乗案内予定時刻は午前十時四十五分、行き先は『長崎』となっている。福岡空港ではなく長崎空港を使うことにしたのは、蓮斗のアドバイスに従ったからだ。

第二話

日和は当初、佐賀に行くのだから羽田から佐賀に向かう飛行機に乗るのが当然だと思っていたが、調べてみたら予想以上に本数が少なかった。もういっそ、新幹線を使おうかと思ったが、あまりにも時間がかかりすぎる。どうしようかと思っていたとき、蓮斗に長崎便をすすめられたのだ。

「長崎と佐賀に行くのなら、長崎に入ったほうがいいよ。あと、着いてからの移動は電車？」

「車を借りる予定です。最初は電車にしようと思ったんですけど、いろいろ調べてみたら呼子に行くにはやっぱり車のほうが便利で」

「大正解。長崎から……っていうか、どこから入っても呼子はかなり行きづらい。電車の本数も限られるし」

「そうなんですよ。レンタカーにも慣れてきたし、三泊だと荷物もかなりあるので、車はありがたいです」

「だね。あ、でも長崎市内はちょっと厳しいかもしれないから気をつけて」

「そうなんですか？」

「うん。函館では運転してなかったよね？」

「もちろん。冬でしたし」

雪と氷で凍てついた道を車で走るなんて考えたくもない。そもそもあのころの日和はペーパードライバーで、車という選択肢が存在していなかった。

日和の話を聞いた蓮斗は、ちょっと懐かしそうに言った。

「そうだったね。それが今や、レンタカーで走り回ってる。思えば遠くにきたもんだ」

絶品ゲソ天と温泉湯どうふ

佐賀

「冷やかさないでください」

「とんでもない。褒めてるんだよ。とにかく長崎では気をつけて。路面電車が走ってるから」

「路面電車……」

その時点で嫌な予感しかなかったが、今回のレンタカーは、家で乗っている車のメーカーの系列会社で手配したから、基本的な操作についての不安は少ないことを告げて、その日の蓮斗とのやり取りは終わった。

ほかに手段はないし、レンタカーの手配も終わっている。長崎での心配は長崎に着いてから、とばかりに日和は飛行機に乗り込んだ。


午前十一時十五分、定刻より十分ほど遅れて飛行機が離陸した。

この遅れは、よくある到着便が遅れたとか、不具合による機材点検、交換といった理由によるものではない。定刻に間に合うようにあらゆる準備を進めたにもかかわらず、滑走路が混み合っていて離陸の順番が回ってこない、というものだった。

やっぱり羽田空港の混雑具合はすごい、と改めて思いながら、ぼんやり窓の外を眺めていると、海外の航空会社の大きな機体がゆっくりと動いているのが見えた。

ちなみに、今回も日和は窓際の席ではない。いつもどおり通路側に座っているのだが、窓際が空席のため、窓の外がよく見えるだけだ。出入りがしやすい通路側に座りながら、外までよく見えるなんて嬉しすぎる。おまけに天気は快晴、青い空を眺めながらのフライトに期待は高まるばかりだった。

窓の外を眺めたり、サービスの温かいスープを楽しんだりして時を過ごす。だが、時刻表によると羽田から長崎へのフライトは通常一時間五十分、上昇してシートベルト着用サインが消えたと思ったらもう降下が始まる。ただこれは、長崎に限ったことではなく、羽田から日本各地の空港に向かう場合はいずれも同じようなもので、日本が狭いのか飛行機の速度が速すぎるのか悩んでしまう。たぶん両方だよね、などと考えているうちに、飛行機は長崎空港に着陸した。

到着時刻は、なんと定刻の十三時十分。どれだけ大急ぎで飛んだのだ、空の上にはスピード違反はないのか、と笑ってしまった。

シートベルト着用サインが点灯する直前にお手洗いは済ませたし、キャリーバッグは機内に持ち込めるサイズなので荷物の引き取りもない。比較的前方の席に座っていたこともあって、日和は一番でレンタカー会社のカウンターに行くことができた。

とはいえ、空港にレンタカーの営業所が隣接しているわけではなく、電話をかけて迎えに来てもらうシステムだったので、結果としてあとから来た人と同じタイミングになってしまったが、手続き自体は最初にしてもらえた。着陸してから、三十分もかからずに車で走り出すことができたのだから十分だろう。

小煩《こうるさ》いレンタカーの警告にもすっかり慣れた。慣れたと言うよりも、叱られること自体がずいぶん減った。スピードを出し過ぎたり、ウインカーを出さずにセンターラインを越えようとしたりすると叱られるとわかっているから、スピードはできる限り制限速度を超えないように、迂闊《うかつ》にセンターラインに寄りすぎないことも気をつける。時々バックミラーを覗《のぞ》いて、後ろに車の列ができていないか確認し、あまり長くなっているようなら停車できる場所を探して道を譲る。

二車線以上ある道路ならこんなことはしなくていいが、都市部から離れれば離れるほど一車線しかない道路が多くなる。さらに、ニュースで煽《あお》り運転などが問題にされることも増えてきた。交通法規を守って運転しているのだから、と開き直るのではなく、小さな配慮でトラブルを防げるなら、それに越したことはなかった。

時折、何台もの車に先に行ってもらいつつ、高速道路に進入。あとは速度問題をそれほど気にかけることなく運転を続けた日和は、川登《かわのぼり》サービスエリアに車を止めた。

運転を始めてからまだ四十分ぐらいしか経っていなかったけれど、喉《のど》が渇いているし、お腹も空いている。時刻は午後二時二十分、夕食のことを考えれば、ここらで軽く何か食べておいたほうがいいと考えたのである。

平日の午後だからか、もともと利用者が少ないのかはわからないが、サービスエリアの駐車場はガラガラだった。借りたばかりの車の駐車は気を遣うことが多いけれど、これだけ空いていれば難しくない。前後二列になっている駐車スペースの後ろから前に通り抜け、バックすらせずに駐車を済ませた日和は、上機嫌で車から降りた。

――さて、なにを食べようかな。サービスエリアってどうしてこんなにワクワクするんだろ……

建物の中に入れば、麺《めん》類や定食も食べられるはずだ。だが、今の日和はそれほどしっかり食べるつもりはない。駐車スペースに面したテイクアウトコーナーに狙いを定めて物色していく。

第二話

『佐世保《させぼ》バーガー』の店と『南蛮スナックスタンド』が並んでいる。

『佐世保バーガー』は長崎名物で有名だが、かなりボリューミーなので今はちょっと遠慮したい。

長崎に行ったときにでも食べようと決め、隣の店に目をやる。

両サイドにソフトクリームを持った人形を据えてあり、『角煮まん』や『揚げてん』、『ソフトクリーム』、『カステラソフト』という文字が見える。

『カステラソフト』はソフトクリームにカステラを添えたものらしい。ソフトクリーム好きの日和にはかなり魅力的に思えるし、カステラと一緒なら食べ応《ごた》えもある。

ところが、いいものが見つかったと『南蛮スナックスタンド』に近づいた日和は、注文カウンターの下部の文字に首を傾げた。日和の前に注文していた人の陰に隠れていたせいで気付かなかったが、そこには日和が聞いたことがない名前が書かれていた。

――『ハトシロール』ってどんなものなんだろう……

すっかり『カステラソフト』を注文する気で近づいたというのに、まだほかのものが気になる。私ってどこまで食いしん坊なのよ、と呆《あき》れつつ、ショーケースを見てみると茶色っぽい筒状のものがあった。どうやらこれが『ハトシロール』らしい。

一般的なカレーパンを縦半分にしたぐらいの大きさで、油で揚げてある。おそらく中になにか入っているのだろう。さらに注文カウンターには『みかんソフト』と書かれたプライスカードもあった。

――方針変更！『ハトシロール』を食べたあと、デザートに『みかんソフト』！

絶品ゲソ天と温泉湯どうふ
佐賀

さようなら『カステラソフト』、また機会があったら会おうね！　と心の中で呟《つぶや》き、店の人に注文を告げる。

店の人に、ミックスもありますけど、と言われて注文を変更、二転三転したあと、『ハトシロール』とミックスの『みかんソフト』を持った日和は、店の前のテーブルつきのベンチに落ち着いた。

二月とは言え、風がないせいか、外にいてもさほど寒くない。むしろ、外の空気が気持ちいいとすら感じる。さすがは南国九州、と喜びながら、『ハトシロール』をかじってみた。

食パンの中に魚の練り物のようなものを入れて揚げてあるようだ。カリッとした食感のあとに柔らかい練り物が現れ、モグモグと噛《か》んでいると食パンと練り物が合わさってちょうどいい塩加減になる。

カレーパンともコロッケパンとも違う、体験したことのない味だし、『みかんソフト』は柑橘《かんきつ》類独特の酸味を濃厚なミルクのバニラが和らげ、揚げ物の油が残る口の中をさっぱりさせてくれる。『小腹を満たす』目的に打ってつけの量と組み合わせに、このふたつをいっしょに注文した自分を褒めたい気分だった。

空いていたお腹は満たされ、少々早めのおやつも終わった。本日は佐賀に泊まる予定になっている。どうせレンタカーを使うなら、と本日の宿は公共交通機関では少々行きづらい場所に決めた。

一泊二食付きで料理も魅力的、料金もお値打ちと評判が高いのは、比較的不便な場所にあるからに違いない。

現在時刻は午後二時三十分だ。宿の案内には、夕食付きの場合は午後六時までに入ってほしいと書かれていたが、まだ時間に余裕はある。何カ所か寄り道していくことにして、日和は車に乗り込んだ。

第二話

およそ一時間後、日和は最初の目的地である『虹の松原』に到着した。

『虹の松原』は唐津湾に面しており、唐津藩初代藩主である寺沢志摩守広高《てらざわしまのかみひろたか》が、防風・防潮林として植林したのが始まりだという。虹の弧のような形状で全長四・五キロ、幅五百メートルにわたって続く松林の本数はおよそ百万本、静岡県にある『三保《みほ》の松原』や福井県の『気比《けひ》の松原』とともに日本三大松原のひとつに数えられているそうだ。

日和は『三保の松原』にも『気比の松原』にも行ったことはない。なんでもかんでも『三大』と銘打ってしまう日本人に少々呆れつつも、有名な松原をひとつぐらい見ておくか、という気持ちで立ち寄ることにしたのである。

無料駐車場に車を止め、道路を渡って林の中に入っていく。

確かに見渡す限り松、松、松……松以外の木は目に入らない。『虹の松原』には七不思議の言い伝えがあるそうで、唐津市浜玉町《はまたままち》のホームページに詳しく紹介されていた。

旅行に出る前に、七不思議なのに項目が八つあるところからすでに不思議よね、と思いながら読んでみたのだが、最初から首を傾げてしまった。

なんでも『虹の松原』では一年中セミが鳴かないという。伝説によると、名護屋《なごや》へ向かう途中でこの松原を通った豊臣秀吉《とよとみひでよし》が、あまりセミが鳴くので「騒々しい」と叱って以来、セミの声が絶え

絶品ゲソ天と温泉湯どうふ
佐賀

たとのことだ。

松林は海岸に面しているため、地面はほぼ砂浜である。セミの幼虫の成育には適していないのだろうな、とは思うが、こんなにたくさん木が植わっているのにセミが一匹も止まらないなんてことがあるだろうか。

言い伝えどおり、過去から現在に至るまでのすべてのセミが豊臣秀吉のお達し通り、ひたすら木にしがみついているだけなんて信じられない。

そもそもセミが鳴くのは繁殖行動の一部である。一匹ぐらいは『豊臣秀吉って誰?』とか、『もうとっくにあの世行きじゃん』なんてあざ笑い、そんなことより子孫繁栄と声高々に鳴きまくるセミがいそうなものだ。

冬に旅行を計画したのが悔やまれた。こんなことなら夏の真っ盛りに来て、本当にセミの声がしないか確かめればよかった、と思ったけれど、飛行機も宿も予約済みだったし、九州旅行を夏まで延期する選択肢はなかった。

絶対に何匹かは鳴いているはず、と勝手に思い込み、松の間をどんどん歩く。ホームページには幅五百メートルと書かれていたけれど、砂浜だけに歩きづらく、それ以上に長く感じた。それでも海を見たさに頑張って歩いた日和は、松林を抜けたところで歓声を上げた。

「うわーっ! 海だあ!」

ちょっと待て、海なんて旅に出るたびに見ているだろう、と言われそうだし、直近で行った福島はさておき、その前の山口も、さらに前の新潟でも海は見た。しかも、いずれも日本海なので、見

第二話

た目は大差ない、と言われかねない。

けれど、ごく普通に海を見るのと、幅五百メートルに及ぶ松林を抜けてから海を見るのを同列には語れない。薄暗いとまでは言わないけれど、視界を散々松に遮られたあと、ようやく海辺に出られたときの開放感がすごい。日和は、海そのものもさることながら、まずは空の広さに感動してしまった。

空は広いし、海も広い。そして両方が質の異なる青を湛《たた》える。

——うーん……海は青くて、空は蒼《あお》いって感じ。日本語っていうか、漢字って素敵よね。あーこれ、夏のころだったら松の『碧《あお》』が加わるのかも……

松は常緑樹だから病気にでも罹《かか》っていない限り、葉を落とすことはない。松葉の色の移り変わりには詳しくないけれど、冬と夏では葉の色が違うはずだ。今は沈んだ深い緑だが、春になれば新しい葉が出てくる。新緑を過ぎ、夏になるころには落ち着いた碧と呼べる色になるかもしれない。

青と蒼と碧の共存——セミの声がするかどうかの確認も合わせて、いつか夏にも来てみたい。そんな感想のあと、日和は踵《きびす》を返す。

あちこちに落ちている空き缶や弁当のパックが哀しい。どこにでもルールを守らない人はいるものだ。『ゴミを捨てないでください』なんて看板を立てたところで、そんな人たちが聞くわけがない。いくら観光名所であっても、この広い松林を掃除するのは大変だろう。

漢字は素晴らしいし、日本は海外から『きれい好き』と評価されることも多いけれど、全員が全員そういうわけでもない。大半の人が気にするのは『人の目』であって、誰も見ていなければルール違反をする人はけっこういるよね……とため息を吐きつつ、日和は車に戻った。散らかっていたゴミのことは記憶から削除することにして、日和は次の目的地である『唐津城』に向かう。

『唐津城』は豊臣秀吉が朝鮮に出兵した際に功績を認められた寺沢志摩守広高が築いた城で、一六〇二年に築城を開始し、実に七年もの歳月をかけて完成に至ったそうだ。

現在なら七年もかけて造るなんて信じられないけれど、当時はそれが当たり前だっただろうし、一年中工事を続けていられたとも思えない。どうせ働き手は領内から集めたのだろうし、農耕の繁忙期には中断されたこともあったのかもしれない。

お城より食料を作るほうが大事と判断するような領主だったとしたら、七年ぐらいかかりかねないし、むしろいい殿様なのだろう。

いずれにしても、せっかくここまで来たのだから一目拝見、ということで、車を止めた日和は、『唐津城』に続く地下道に入った。

お城を観に行くのにまず地下道を通るというのは、全国的に見ても珍しい気がするが、駐車場沿いの道路を横断するよりも地下道のほうが安全だし、壁に貼られている『唐津くんち』の紹介パネルも見ることができたから特に文句はない。これはこれで……と楽しみながら、地下道を歩いた。

午後四時、車に戻った日和は、ドリンクホルダーに立ててあったペットボトルの水をものすごい勢いで飲み始めた。半分近く残っていた水が、あっという間に空になる。まるで真夏日の午後、う

第二話

っかり出かけて熱中症になりかけた人みたいだった。

——駐車場からしっかり見たんだから、高いところにあることぐらいわかってたでしょ？　なんなら、お城の全景は駐車場から一番きれいに見えたぐらいじゃない。なんでわざわざ登ろうなんて思ったのよ！　しかもいつもならスルーする天守閣の中まで見に行っちゃって！

城は、高地にあればあるほど攻め込まれにくい。そして、城の近くにはたいてい神社がある。病気や怪我の平癒のために神社に詣でる人が多いのは昔からだと思うけれど、そもそもあんなに険しい山道を登っていけるぐらい丈夫ならわざわざ神仏に頼る必要なんてない。城はともかく、神社詣でで疲れ果てたら元も子もない。それとも、せっせと詣でることで身体を鍛える目的があったのだろうか……

もしかしたら神社参拝というのは、今で言うところのフィットネスジムの役割を果たしていたのでは？　などと考えつつ天守閣に続く石段を上る。一段一段が低いせいか、思ったよりも楽に到着できた。しかも今回は、新潟で春日山《かすがやま》神社に詣でたときと異なり、キャリーバッグを引っ張っているわけでもない。

これなら……と気を良くし、いつもならスルーするお城の中に入り、しっかり見てまわった。お城の入り口がタッチ式のゲートというのは珍しいし、最上階から見た景色は素晴らしかった。

さっき行ってきたばかりの『虹の松原』でも見ることができたが、延々と続く松林の全容が捉《とら》えられたのは、この高さだからこそだろう。

海と川が迫る山の上にある城。唐津城はかなり守りやすい城だったに違いない。見学の途中で、

絶品ゲソ天と温泉湯どうふ
佐賀

もともと『唐津城』には天守閣がなく、今あるのは観光目的で造られた模擬天守だと知ったけれど、もともとあったものが失われて再建した城も少なくない。お城と言えば天守閣のイメージを抱く人もたくさんいるはずだから、なかったものを造ったってかまわない。それで『唐津城』を見に来る人が増えて、城の保全や唐津の町の発展に繋《つな》がるならなによりだと思う。

旅は、旅をする本人の満足と訪れた場所の支援を両立できる。やっぱり旅は素晴らしい、と再認識したあと、天守閣の展望台から入り口、入り口から駐車場へとまた階段を下り続けた。結果として、足はだるいし喉がカラカラになってしまった、というわけだ。

それでも、『唐津城』は隅々まで見たし、『虹の松原』は地上のみならず展望台から全容を捉えることができた。これでまた『城オタク』に一歩近づいた、そんなつもりはまったくないのに、と少し複雑な思いを抱いたにしても、結果として大いに満足な午後だった。

現在時刻は午後四時半。旅に出る前に調べたところ、ここから本日の宿までは車で三十分から四十分となっていた。この宿は、料理もさることながら、きれいな夕日が見られることでも有名だそうだが、今出発すれば十分日没に間に合うだろう。

海に沈む夕日を見ながらの食事なんて楽しみすぎる。満足な午後が満足な夜に繋がる予感にワクワクしながら、日和はエンジンの始動キーを押した。

「え……そうなんですか……」

三十分後、日和はカウンターの前で呆然《ぼうぜん》としていた。

第二話

チェックイン手続きをしてくれた宿の人は、何度も何度も頭を下げる。これぞ『平謝り』といわんばかりの姿だが、日和には責めることなんてできない。

もともとそういった攻撃的な性格ではないし、どう考えても悪いのはこの人ではない。なにより、客とは言っても日和よりも遥《はる》かに年上、もしかしたら両親よりも年配かもしれない相手にここまで頭を下げさせるなんて、と申し訳なさでいっぱいになってくる。

やむなく日和は、軽く息を吸って言う。

「仕方ないですよ。でも、けっこう晴れていたから大丈夫だと思い込んでました……」

「天気は悪くなかったんです。ただ、ずいぶん波が高くて……」

宿の人は心底残念そうに言う。きっと彼も、今日は入荷してくると信じていたのだろう。身体全体から無念さが伝わってきた。

「ご縁がなかったんですね……」

「本当に申し訳ありません。午後にお電話させていただいたんですが、なんだかうまく繋がらなかったようで……」

「え？」

従業員の言葉に、日和は慌ててスマホを確かめる。何度見ても着信履歴はない。日和はアドレス帳に登録されていない番号からの着信を拒否するように設定しているから、宿からの電話もはじいてしまったのだろう。

昨年の秋に『笹川流れ《ささがわ》』に行ったときは、遊覧船を予約したあと、念のためにと遊覧船の運航会

絶品ゲソ天と温泉湯どうふ

佐賀

社を登録しておいたから欠航連絡を受けられた。今回の宿もそうしておけばよかったのだが、さすがに宿に『欠航』なんてないから必要ないはず、と登録しなかったのである。

ただまあ、このアクシデントを前もって知らされたところで、いきなりよその宿を予約し直したりしない。単に夕食メニューが変わるだけの話だ。

問題は、その夕食が本日のメインイベントと言うべきメニュー『活イカ御膳《ごぜん》』だったことにある。そのメニューがあるからこそ、この宿を選んだ。『江戸《えど》の敵《かたき》を長崎で』ならぬ、『函館の敵を佐賀で』の心境だった。まさかイカで名高き呼子まで来て、またしても活イカに出会えないとは思わなかったのである。

「前に函館に行ったんですけど、そのときも不漁で『活イカ』は食べられなかったんですよ。今度こそ、と思ったんですけど……」

「このところ、全国的にイカが不漁なんですよ。そうですか……函館でも駄目でしたか……」

「もうずいぶん前ですけど、今もやっぱり不漁なんですか？」

「不漁です。漁師がみんなして『イカが獲れねえ』って嘆いてます。朝市のあたりでも『活イカ』を出せない日が多いみたいで」

「それじゃあ仕方ありませんね」

「本当にすみません。あ、でも新鮮な地魚の刺身と、ゲソ天はお出しできますから！」

新鮮な刺身はほかでいくらでも食べられるじゃない。今、私が食べたいのは、コリコリで向こうが透けて見えるようなイカの姿造りなの！　——なんて言えるわけがない。

相手は自然のものなのだから、入荷するかどうかは時の運、と開き直られれば腹のひとつも立ったのかもしれないが、ここまで頭を下げられては逆に申し訳なくなる。ただただ残念さだけが募る。

あいまいに、ゲソ天も美味しいですよね……と呟きつつ、夕食の時刻を決める。

活イカと並んで人気の『海に沈む夕日を眺めながらの夕食』ですらどうでもよくなる。それに、車で走っているうちに徐々に空に浮かぶ雲が増えてきた。これでは夕日すらちゃんと見られるかわからない。見られたとしても感動する心が今の自分にあるだろうか……

見られるかどうかはわからないけれど、とにかく日没にあわせて……と勧められ、夕食を五時半からに決めた。

第二話

時刻は午後五時二十分。夕食開始までに十分しかない、と気付いたのは部屋に入ってからだった。これではお風呂《ふろ》に入るどころか、手を洗うのが精一杯だ。本当に茫然《ぼうぜん》自失だったんだな、とさらに落ち込んでしまった。

部屋には大きなベッドがふたつ置かれていた。そういえば、ツインルームをシングルユースにしてもらったんだった、と思いながら奥に進む。窓から外を見てみると、全面に海が広がっていたが、肝心の太陽は見えない。雲がオレンジ色になっている場所があるから、おそらくあのあたりに太陽があるのだろう。

――わあ……これは確かに『眺望海』だね。でも、雲がかなり出てきちゃってるし、夕日が沈んでいくのを見ながら夕食、っていうのは微妙かなあ……

活イカに続いて夕日を見るのも難しいとは、日頃の行いが相当悪いらしい。けっこう真面目に生

絶品ゲソ天と温泉湯どうふ
佐賀

きているつもりだったのに……とますます哀しい気分になってしまう。

そうこうしている間にも、時間はどんどん過ぎていく。食事の時刻まであと三分しかない、と気付いた日和は、部屋の片隅にキャリーバッグを据え、すぐさま食堂に向かう。気分はやけ酒、『こうなったらとことん呑《の》んでやる！』だった。

食事会場に入るなり、男性従業員が席に案内してくれた。

名前や部屋番号を告げなくても、こちらが誰かをちゃんとわかってくれているのは嬉しい。なんとなく『お待ちしてました』という姿勢が伝わってくる。

とことん落ち込んでいた気持ちがすっと軽くなる。なんて単純なんだ、と我ながら呆れつつ席に着くと、テーブルいっぱいに料理が並べられている。特に目を引かれたのは、お刺身の盛り合わせだった。

アジの姿造りやブリ、ホタテ、サーモン、名前はわからないけれどなんだか美味しそうな白身の魚、手前にはイカも並べられている。『活イカ』ではないにしても、新鮮さが窺《うかが》える『照り』がある。そういえば、函館で食べた朝獲れイカも、こんなふうにキラッと光っていたし、ねっとりと甘くてイカの底力を見せつけられるようだった。

きっと今目の前にあるイカもそれと同様、もしかしたらそれ以上に美味しいに違いない。

手に入らなかったものを嘆くより、今ある幸せを大事にしなくては！　などとちょっと哲学的なことを考えていると、案内してくれた男性従業員が頭を下げて言った。

「『イカの姿造り』をご用意できなくて、本当に申し訳ありません。お飲み物、なにかご用意しましょうか？」

「えーっとじゃあ……」

新鮮な刺身といったら日本酒に決まっている。ただ、メニューに酒はそれほどたくさん書かれていない。まあ、ずらずら並んでいても決められなくて困るだけ、と割り切って、地酒らしき生酒の小瓶を頼むことにする。

幸いなことに、それほど待つこともなくお酒が届き、日和は食事を始めることができた。

酒のラベルには『太閤《たいこう》　生』という文字が見える。旅館などでよく出されるサイズ、裏のラベルから容量は三〇〇ミリリットルとわかる。食事と一緒にゆっくり呑むのにちょうどいい量だった。

――さて、では始めますか！

瓶のキャップを捻《ひね》ると、キリリという音がする。日和は、このアルミキャップが立てる音が好きだ。ペットボトルでも蓋は捻《ね》じ切って開けるし、音もするが、固い金属であること自体が特別に思える。なにがなんでも中身を守り切る！　という強い思いが込められている気がするのだ。

お気に入りの音を聞いたあと、小さなグラスに酒を注ぐ。まずは一口、と含んだ瞬間、日和はにっこりと笑った。これぞ『生』と頷《うなず》けるすっきりさ加減で、魚介料理にぴったりだ。

刺身の盛り合わせを始め、ひとりには十分すぎるほどの料理が並んでいるが、このお酒と一緒なら最後まで美味しくいただけるに違いない。

とりあえずお刺身から、とは思ったけれど、魚の種類が多すぎてどれから食べるか迷う。

イカを食べに来たんだからイカからだろう、と頭の中で誰かが囁く声がしたが、主役は最後！

と無視してアジに箸《はし》を伸ばす。ところがこのアジ、とんだ伏兵だった。

――ちょっと待って、アジがこんなに美味しいって反則じゃない！

反則でもなんでもない。アジは『味がいい』からアジと名付けられたと聞いたことがある。ましてや、刺身にできるほど新鮮なら美味しいに決まっている。それでも、思わず『反則だ』と言いたくなるほど旨《うま》みが詰まっている。アジは日本各地で獲れる魚で、日和もいろいろなところでアジを食べた。だが、その中でもダントツと言えるほど美味しい。

なんでこんなに……と思って調べてみた結果、長崎は全国有数の真アジの産地だとわかった。アジだけではなく、魚介類全般が豊富に獲れる。そしてその原因は、長崎近海が大陸棚であることに加え、沖合に対馬《つしま》海流が流れている影響でプランクトンがとても豊富なところにあるそうだ。餌となるプランクトンが豊富ならば魚は集まってくるし、しっかり餌を食べたアジは美味しくなる。

現在日和が居るのは佐賀県だが、長崎と佐賀は隣同士で海の環境だって似ているはずだ。佐賀のアジが長崎同様美味しいのは当たり前の話だった。

感動するほど美味しいアジのあと、ホタテや白身魚も食べてみる。どれもちゃんと美味しい。九州で獲れるとは思えないサーモンすら脂がしっかり乗っているし、満を持して食べてみたイカは予想の倍も甘い。刺身と酒を交互に口に運び、合間に小鉢のもずくを一啜《すす》り、カレイの煮付けの身の厚さに驚き、優しい煮汁の甘さに癒《いや》される――そんな楽しい時を過ごしていると、さっきの男性従業員がやってきた。手には小さな丸皿を持っている。

「『ゲソ天』でございます」

第二話

『ゲソ天』を置いた男性従業員は刺身の皿に目をやり、身が残っていないことを確認して言う。

「こちらは骨せんべいにしてきますので、いったんお下げしますね」

「あ、はい……」

お願いします、と見送ったものの、すぐさま疑問が湧いてきた。

『骨せんべい』と言えば魚の骨をカリカリに揚げたものだが、日和が知っているのはもっぱらイワシだ。日和が子どものころ、母がよくイワシでツミレや磯辺揚げを作ってくれた。丸のままのイワシをたくさん買ってきては手開きにして包丁で叩《たた》いていたのを覚えている。今はイワシの値もすっかり上がってしまったし、なにより面倒だと作らなくなったけれど、とても美味しかった。それ以上に美味しかったのが、イワシの骨せんべいだ。骨とは思えないほど柔らかくて弾力のある骨を素揚げにして、揚げたてに塩を振って食べる。兄も日和も、ツミレや磯辺揚げも大好物だったけれど、それ以上に骨せんべいを楽しみにしていた。

あの美味しさは、柔らかいイワシの骨を使ってこそだ。アジのような固い骨では、イワシのようにパリパリと食べることはできないのではないか、と思ってしまったのである。

それでも、骨が載ったお皿はもう持って行かれてしまった。彼は席に案内しつつ『活イカ』がないことを散々謝っていたし、せめて『骨せんべい』でも……と考えてくれたのかもしれない。

骨せんべいはイワシ派だが、せっかくだし、食べられなければ残せばいいだけのことだ。そんなことを考えながら、『ゲソ天』を箸でつまむ。お皿の隅に置かれたピンク色の塩を少しつけて、口に運ぶ。衣のカリッとした食感のあとにほどよい塩気、イカはびっくりするほど柔らかい。

思わず、ちょっと待って！ と言いたくなる。アジの刺身に続く『反則だ』第二弾だった。

——そうだよね……新鮮ですごく美味しいイカなんだから、足まで美味しいに決まってるし、魚介類って揚げたら余計に甘くなる。最高のイカが最高の『ゲソ天』になるのは当たり前……

頭ではわかっているのに、身体が『びっくり』を止められない。その時点で『活イカ』なんてどうでもよくなる。残る心配は、いつもながらの『食べきれるか問題』だ。最初に並んでいた料理はそこそこ食べきれたが、『ゲソ天』もかなりの量があるし、これから『骨せんべい』もくる。すべて食べきって、ご飯とお吸い物に辿《たど》り着けるだろうか……

たぶん無理だろうな、と思いつつ、どんどん食べる。冷静に考えれば、これから出てくる『骨せんべい』やご飯のためにも、少しでもお腹を空けておいたほうがいいに違いないのに、あまりにも『ゲソ天』が美味しくて箸が止まらないのだ。

食べたい気持ちと理性が戦う。その後、『ゲソ天』への思いが大勝利、もうあとの料理はどうでもいい、と腹をくくった瞬間、男性従業員がやってくるのが見えた。

「お待たせしました。『骨せんべい』です」

ふと見ると、彼はちょっと……いや、かなり誇らしげな顔をしている。もしかしたら、理性と戦う日和を見ていて、『ゲソ天』が勝利したのが嬉しいのかな、と思ったがそんなわけはない。なにせ、骨が残った刺身の皿を持っていってから今まで、彼は食堂に居なかった。それで日和の様子がわかったとしたら、かなり恐い。

——となると、この表情は『骨せんべい』のため？

第二話

運ばれてきた『骨せんべい』は、言うまでもなく揚げたてだ。一口だけでも、と口に入れた日和は、呑み込んで大きく項垂《うなだ》れる。二度のみならず、三度目の『反則だ！』の登場だった。

『ゲソ天』はサクサクのあとフワフワ。『骨せんべい』はひたすらカリカリ、歯にあたった瞬間に砕けていく。まるで厚切りのポテトチップスみたいな食感だが、食べているうちに魚ならではの出汁の旨みが染み出してくる。『骨せんべい』はイワシが最高だと思い込んでいたのに、あっさり超えられた。あの男性従業員の誇らしげな顔も十分頷ける。恐るべし『アジの骨せんべい』だった。

だが、お腹はもう限界に近くいっぱいなので、どちらかを残すしかない。それでも、どっちも選べない、全部食べたい、と困っていると救世主登場——もちろん、あの『誇らしげな』男性従業員だった。

「食べきれないようでしたら、『ゲソ天』はお部屋に持ち帰られますか？」

彼はあえて『ゲソ天』と言う。おそらく『ゲソ天』と『骨せんべい』を比べた場合、『ゲソ天』のほうが冷めても美味しく食べられるからだろう。部屋に持ち帰るという選択肢が与えられれば、どちらかを選ぶのは簡単だ。『骨せんべい』だけならなんとかここで食べきれる。お風呂に入ればお腹も少し空くだろうから、夜食代わりに『ゲソ天』、これで問題解決だった。

「じゃあ、お願いします」

ほっとした気持ちが顔に表れていたのだろう。彼は優しい目で頷いたあと、さらに訊ねた。

「ご飯はどうされますか？　おにぎりにいたしましょうか？」

もはや言葉は出ない。ただ、コクコクと首を縦に振る日和に、彼はまた言った。

「では、お吸い物とデザートだけお運びしますね」

さすがにお吸い物は持ち帰れないし、デザートは別腹の可能性もある。どこまでも行き届いた提案が嬉しい。『活イカ』は残念だったけれど、この宿に来てよかったと思わずにいられなかった。

そのとき、踵を返しかけた男性従業員が嬉しそうに言った。

「夕日、出てきましたね」

窓の外には大海原と空が広がっている。案内されたとき、空の大半が雲に覆われていたため、日没観賞は望みなし、と諦めた。ところが、今見ると、空の上方にある雲と海の間に太陽が覗いている。夢中で呑んだり食べたりしているうちに、雲に切れ間ができたらしい。

柔らかいオレンジ色の光に目を細める。同じ太陽のはずなのに、沈んでいく太陽は昇ってくる太陽より落ち着いた光を放っている気がする。夜に向けて、あらゆる存在に『落ち着いて休みなさい』と言ってくれているのかもしれない。

夕日を楽しんでいるうちに、汁椀《しるわん》とデザートが運ばれてきた。

お吸い物は出汁の味がしっかり感じられる。しかも薄味に仕上げられているため、ご飯がなくてもしょっぱ過ぎたりしない。優しくて温かい汁物は食事の締めに最適だった。

デザートは果物、もしくはシャーベットかなと思っていたら、ゼリーだった。柑橘類の皮にゼリーを流し込んで固めてあるのだが、柑橘類の種類まではわからない。レモンみたいに黄色っぽいが、グレープフルーツほど大きくない。穏やかな酸味と上品な甘さがあるから、もしかしたら日向夏《ひゅうがなつ》かもしれないが、実のところ種類なんてどうでもいい。美味しければいいのだ。

とっくにいっぱいのはずのお腹に、爽《さわ》やかなゼリーが滑り込んでいく。しかも、このゼリーのおかげで口の中がとてもすっきりした。このゼリーだって部屋に持ち帰れたはずなのに、あえてすすめてくれたことに大感謝だった。

テーブルには持ち帰り用の『ゲソ天』とおにぎりが置かれている。お腹は満杯、それでもしっかり包まれた『ゲソ天』と出来立てのおにぎりの温《ぬく》もりに夜食への期待が高まる。

——今はまだ、六時半だし、三時間もすればお腹も少しは空くはず。とりあえず部屋に戻ってひと休みしてから、お風呂に入ろう！

そして日和は、『ゲソ天』とおにぎりが載ったトレイを持って席を立った。

第二話

午後九時、日和はおにぎりが載ったお皿のラップフィルムを剝《は》がした。

おにぎりはもうすっかり温もりを失っていたけれど、お米に照りがあって一粒一粒が存在を主張している。炊《た》きたてが美味しいのは当たり前で、お米の真価は冷めたときにこそわかる、と聞いたことがあるが、目の前のおにぎりは見ただけで美味しいとわかる。食べきれるかどうかという疑問は霧散、日和は大きなおにぎりにかじり付いた。

——うわ、あまーい！　お吸い物だけじゃなくて、ご飯も単品で戦えるレベルだったのね！

おにぎりとはもともとそういうものだろう、という突っ込みは空の彼方に放り投げ、夢中でおにぎりを食べ続ける。

おにぎりをあっという間に完食し、今度は『ゲソ天』を食べてみる。お風呂に入って少し空いたお腹は、大きなおにぎりでまたいっぱいになっていたけれど、この『ゲソ天』を朝まで置いておくわけにはいかない。しかも、朝が来たところで、今回は朝食付きのプランだからやっぱり『ゲソ天』は余ってしまう。持って歩くのも大変だし、冬とはいっても傷んでしまうかもしれない。残すならおにぎりだったか、と思いながら『ゲソ天』をひとつ口の中に放り込んだ日和は、悶絶《もんぜつ》しそうになった。

――冷めても美味しいお米はまだわかるけど、冷めてもこんなにサクサクで美味しい揚げ物ってある!? イカがぜんぜん固くなってないどころか、冷めて甘みが増してるし!

いったいどこまで『反則』を繰り返すのか、とため息が出る。

海に沈む夕日と『活イカ』だけではない。あらゆる魅力が詰まっている。宿泊料金だってかなりリーズナブルだ。公共交通機関ではかなり辿り着きがたい場所にあるのに、連日満室になっていることにも頷ける。

その後、就寝支度を終えてベッドに入った日和の頭には『満足の上の満足』という言葉が浮かんでいた。

翌日、日和がチェックアウトしたのは午前九時十分だった。

ベッドの寝心地はいいし、部屋は静かだし、朝食も最高だった。

朝食は、焼き魚、湯豆腐に漬けマグロ、生野菜のサラダ、味付け海苔《のり》、生卵に明太子、フルーツの小鉢……とある意味どこにでもありそうな献立だったが、焼き魚はちょっと冷めているのにふっくら柔らかいし、湯豆腐は佐賀の名物に豆腐があることを瞬時に思い出すような味。漬けマグロはしっかり醤油《しょうゆ》が染み、丼にして食べたい、と熱望するほどだった。

中でも、日和が一番感動したのは生卵である。最近、旅館の朝ご飯でも生卵ではなく温泉卵や出《だ》汁《し》巻き卵が出されることが多い。たまにビュッフェに生卵が用意されていることもあるが、日和は割ったりまぜたりが面倒でもっぱらスクランブルエッグやオムレツを選んでいる。だが、今日は定食スタイルだし、残すのも気がひけるからと食べてみることにしたら、これが大正解だった。

卵の濃い味に甘めの醤油がベストマッチで、さらにそこにちぎった味付け海苔を投入すると、ピリッと辛みのある海苔が全体を引き締めてくれる。卵でつるつるになって食べやすいこともあって、お茶碗はあっという間に空っぽ、九州の醤油は卵かけご飯のためにあったのか！　と叫びたくなってしまった。

とにかくなにもかもが『おいしい』宿。もっとゆっくりしていたい気持ちは山々だったが、今日はまた長崎まで戻らなければならない。その前に何カ所か見て行きたいところもあるため、早めに行動することにしたのだ。

最後の最後まで『活イカ』がなかったことを詫《わ》び続けられてチェックアウトする。あまりにも謝られるので恐縮するあまり、予定になかったお土産まで買ってしまったが、フロントの女性に羊羹《ようかん》について教えてもらえたのはよかった。

佐賀には『小城《おぎ》羊羹』という名物があるのだが、売店にあった羊羹には賞味期限が長いものと短いものがあった。どう違うのか訊ねたところ、賞味期限が長いのは銀紙で密着包装された柔らかい羊羹で、外側がシャリシャリの羊羹は日持ちがしない。そもそも、銀紙を密着させてしまうと外側の砂糖を溶かしてシャリシャリにすることができなくなってしまうそうだ。

なるほどーと大いに納得し、賞味期限が短いタイプを買った。羊羹はいろいろな場所で買えるが、外側がシャリシャリのタイプはそう多くない。お土産なのだから、珍しいものを選ぶのは当然だが、『小城羊羹』についての知識が増えたのは嬉しかった。

チェックアウト後、鼻歌でも歌いたい気分で車のエンジンをかける。

とはいっても、宿から本日最初の目的地までは十分もかからない。出発したかと思ったらもう到着だった。

――ここが朝鮮出兵の拠点か……。こんな山の中にお城を建ててまでよその国に攻め込むなんて、豊臣秀吉ってすごく欲張りだったのね！

欲張りなんて言葉で済ませていいものかどうかは謎だが、日和にはそんな感想しか出てこない。

当時、日本にどれぐらいの人が住んでいたかは知らないが、住む場所が足りないなんてことはなかったはずだ。食べ物だってそれなりに作れていただろうし、海の幸だってある。元寇《げんこう》のように攻めてこられてやむなく応戦したならまだしも、わざわざ海を渡った先の領土を欲しがる理由がわからない。歴史に詳しい人ならきっと別の意見があるのだろうけれど、日和はとにかく『争い事を起こす人』が苦手だ。自分が巻き込まれていなくても、誰かと誰かが争っているだけで心臓がドキドキする。それが国家規模で巻き起こるなんてとんでもない。今すぐやめて！　と割って入りたくなる。それでも、自分にそんなことはできっこないこともわかっているからただ黙り込み、落ち込む。

第二話

日和にとって『争い事』は負の感情を呼ぶものでしかない。そんな争い事、しかもこちらから仕掛けた争い事の拠点を訪れるのは苦痛だ。それでも来たのは、この場所に立つことで、かつての秀吉だけではなく、争い事を始める人の気持ちが少しはわかるかもしれないと思ったからだ。

駐車場から続く緩やかな坂道を上り、『名護屋城博物館』に入ってみる。

立派な建物にもかかわらず、入館は無料。欲張りにしては太っ腹だ、と思ったが、秀吉が経営しているわけじゃないのだから当然だ。それに、秀吉がよその国の領土まで欲しがったのは、自分の国をより豊かにしたかったからだろう。自分の国の民からお金を巻き上げる気はなかったと信じたかった。

——これじゃあ、めちゃくちゃ秀吉アンチみたいに見えるけど、秀吉だけじゃなくて争い事を始める人は全員嫌いなんだからね！

誰に言い訳をしているんだ、と思いつつ、展示物を見て回る。進めば進むほど、日和はどんどん暗い気持ちになっていく。様々な資料を見ることで、秀吉の目的は朝鮮より先の『明《みん》』だったこと、道案内を断られた腹いせに朝鮮を攻めたことを思い出してしまった。

自分勝手で欲張りな上にはた迷惑、とんでもない人だが、地元では評判が高い。日和だって、ここに来るまでは織田信長《おだのぶなが》、豊臣秀吉、徳川家康《とくがわいえやす》の中で誰が一番好きかと言われたら、秀吉と答えていた。農民から天下人まで上り詰めたことも、妻である『ねね』——北政所《きたのまんどころ》との関係も当時は珍しかった恋愛結婚だったことまで含めて、とても素敵だと思った。

だがしかし、それはそれである。いくら夫婦関係が素敵でも、朝鮮出兵はだめだ。日和に言わせればそれだけでマイナス一万ポイント、いや、それ以上の悪事だった。

それでも秀吉には秀吉の言い分があるのだろう。もう反論できない相手を一方的に責めるのはよくないし、自分が利益を得られるかどうかで判断は揺らぐ。もし朝鮮出兵が成功していて、日本が今より広い領土を得ていたら、日和も彼を名将と称えた可能性だってある。

なんだかなあ……と思いながら進んでいくと『黄金の茶室』があった。

名護屋城は七年間しか存在しなかったものの、その城下町は人口二十万人を超える大都市だったという。豊臣秀吉の時代は国内の金銀の産出量が飛躍的に増大し、秀吉の身の回りにも金銀を使った絢爛《けんらん》豪華な品々が揃えられていたそうだ。『黄金の茶室』はその最たるもので、名護屋城博物館では当時の姿を再現し、見物の目玉としている。

せっかく名護屋城博物館に来たのに、これを見ないわけにはいかない。『黄金の茶室』はほかの展示物と異なり、全体が幕で覆われている。劇場の入り口のような幕をかき分けて入っていくと、そこにはまばゆい光が満ちあふれていた。

——わあ、金ってこんなに光るんだ。あ、そうか……幕で覆ってあるのは、外の光を入れないためなのね。暗い中で見ると、さらにピカピカに見えるもんね。それにしても、こんなものを造っちゃうなんて、秀吉ってすごいわ！

さっきまで最悪だった秀吉への評価が、あっけなく裏返る。この『黄金の茶室』を造るのは大変だっただろうけれど、それによって金細工の技術はかなり向上したかもしれない。秀吉がこの地に拠点を構えたことで人が集まり、なおかつ日本文化の発展に繋がったと考えれば、朝鮮出兵も悪いことばかりではなかったのだろう。

――結局私も、こんなにきれいなものを見られたっていう『利益』で手の平を返すんだよね……

反省しろ、と自分を叱りながら、建物の裏に続くドアに向かう。説明には、そこから出れば朝鮮出兵に参戦した武将たちの陣地跡に行けると書いてあった。全部は回りきれないにしても、近いところをひとつ、ふたつ見ていこうと考えたのだ。

ところが、いざドアの前に立った日和は、そのまま踵を返した。なぜなら、そこに『イノシシにご注意ください』という立て札があったからだ。しかも立て札は一枚ではない。隣には『野生サルにご注意ください』というものまである。

どちらか一方でも勘弁してほしいのに、イノシシとサルの両方では手に負えない。『君子危うきに近寄らず』と即座に陣地跡見学を諦めることにした。

『黄金の茶室』も見られたし、朝鮮出兵についても詳しく知ることができた。人と人との争いについて考え、己を省みる機会まで得られたのだから、それで十分だった。


名護屋城博物館から『呼子の朝市』までは車で八分の距離だった。

港のすぐ脇にある駐車場に車を止め、朝市通りに向かう。土曜日にしては人が少ない気がするが、これはまだ午前十時にもなっていないという時刻のせいもあるのだろう。

どうせ呼子に行くならイカが食べたいと考える人は多い。もちろん日和だってそのひとりだ。だが、イカ料理の店は概ね昼、早くても十一時半ぐらいにしか開かない。朝市通りは距離にして二百メートル、往復したとしてもそれほど時間はかからないから、朝市で買い物をしてから昼食と考えると十時半過ぎ、なんならもっと遅く来てもいいぐらいだろう。

あるいは、三連休初日というところに問題があるのかもしれない。せっかく三日も休みがあるのだからあちこち回りたいと思えば、初日に海産物中心の朝市で買い物はしないのではないか……

本当のところはわからない。単に、たまたま人が少ない日に出くわしただけの可能性だって高い。

いずれにしても、人混みが苦手な日和にはありがたいことだった。

朝市通りに入った日和は、魚介類や野菜を売る屋台が並ぶ様子にため息を吐いた。しかも軽くではなく、かなり深く長い息だ。

原因は『呼子の朝市』ではない。去年訪れた『輪島の朝市』を思い出したからだった。

――輪島もこんな屋台がたくさん並んでた……通りの端から端まで観光客でいっぱいだった。でも今は……

正月休みの間、日和はニュースに釘付《くぎづ》けだった。とりわけ、能登から届けられる映像には言葉をなくした。

日和が能登を訪れたのは去年の七月、地震が起きた時点でまだ五ヶ月も経っていなかった。輪島の朝市通りを何度も何度も行ったり来たりしたし、火事で焼け落ちた建物も見覚えがある。後に避難者用の仮設住宅が建てられた場所は、日和が感動の声を上げた『キリコ会館』の前だ。

ジンベエザメが悠然と泳ぎ、イルカとアザラシが踊っていた水族館も大きな被害を受けて休業、再開の目処《めど》は立っていない。

第二話

干物をおまけしてくれた漁師の親子、お土産にお箸をたくさんくれた割烹《かっぽう》のご主人夫婦はご無事だろうか。あの美しいキリコや迫力満点だった大松明《たいまつ》はどうなったのだろう。水族館で暮らしていた生き物たちは……

能登の現状を伝えるニュースが徐々に減っていく中、『能登』や『輪島』といった言葉を見聞きするたびに、テレビに見入り、ネットニュースのタイトルをタップする。

どこにも『もうこれで安心』と思わせてくれるような情報はない。ただひたすら、苦悩の中で立ち上がろうとする人たちを応援することしかできない。不甲斐《ふがい》なさに心が塞《ふさ》ぐ日々が続いている。

呼子と輪島はまったく異なる場所だけれど、朝市の佇《たたず》まいはそれほど変わらない。行き来する人々やたくさんの屋台を見ると、輪島の朝市風景が失われたことが余計に辛《つら》くなる。

絶対になくなりっぱなしじゃない、きっと再建する、と信じて歩を進める。あちこちから上がる『イカあるよー』『干物どうかねー』というのどかなかけ声が、これからもずっと聞けますように、と祈るばかりだった。

朝市通りを端まで歩き、イカせんべいを買う。干物は無理でもこれなら日持ちがするし、なにより軽い。もしかしたらバラバラになってしまうかもしれないけれど、割れたところで味は変わらない。お酒のつまみにもなるし、むしろ食べやすいと両親は喜んでくれるだろう。

とりあえず見終わった、と安心し、イカ料理店に行ってみる。ここなら昨日縁がなかった『活イカ』が食べられるかもしれない。まだ開店時刻にはなっていないけれど、確実に食べるためには、早めに行って並んだほうがいい。

佐賀

ところが、行列覚悟で行ってみた日和を迎えたのは『本日活イカの入荷はありません』という非情な文字だった。ただ、昨日ほどがっかりはしない。なぜなら、近くに生け簀《いす》を持っているイカ料理店があり、高確率で『活イカ』が食べられると知っていたからだ。

――はいはい、入荷なしね。まあ仕方ない。でも今日は大丈夫！

そして日和は、イカせんべいが入ったエコバッグを片手に、次の店に向かった。

――ううううう……日頃の行い、悪すぎない？　しかも『活イカ』限定ってどういうこと？

十五分後、日和は失意に沈みつつ車を走らせていた。

呼子で『活イカ』を食べる計画は見事に失敗した。生け簀がある店に行ってみたところ、まだ店は開いておらず、行列もなかった。一番乗り？　と喜んだのもつかの間、この店はフロントで番号札を渡しているとわかった。しかも、番号札は朝九時から配り始め、日和が到着した時点で、案内時刻はおよそ二時間半後、もしかしたらもっと遅くなるかもしれないと言われてしまった。

いくら『活イカ』が食べたいと言っても、長崎まで行くことを考えたら、ここで二時間半待つわけにはいかない。どうしてちゃんと調べなかったんだ、と思ったけれど、そもそも『活イカ』タスクは昨日終わっている予定だった。『活イカ』の入荷がなかったので急遽《きゅうきょ》朝市で食べることにしたのだから、調べが不十分でも仕方がない。ここまで縁がないなんて、と嘆きつつ、車に戻って出発した次第だった。

ナビの案内に従って『佐賀県立九州陶磁文化館』を目指す。呼子から『佐賀県立九州陶磁文化

第二話

館』までは車で一時間十分、西九州自動車道を通るルートだった。

走っている途中で『佐賀』という案内が目に入る。

佐賀には有名ラーメンがあるらしい。日和は動画配信サイトで佐賀出身の芸人さんが紹介しているのを見ただけだが、豚骨ベースなのにあっさりしていて麺はストレート、生卵や海苔をトッピングした、いかにも日和好みのラーメンだった。

佐賀県に行くならあのラーメンを食べてみたいとも考えたのだが、そのラーメン——いわゆる『佐賀ラーメン』の有名店は佐賀市近辺に集まっている。

今回日和が訪れる呼子や有田はもちろん、長崎とも別方向なので佐賀市に行くことはできない。『活イカ』も『佐賀ラーメン』も食べられないのか……と日和はますます落ち込む。ただ、こんなことなら『名護屋城博物館』か『呼子の朝市』のどちらかを省けばよかったという後悔はない。

日和は『縁』に支えられて旅を続けてきた。『名護屋城博物館』や『呼子の朝市』には縁があり、『活イカ』と『佐賀ラーメン』にはなかった。それだけのことだった。

それでも旅は続く、なんて小説かドラマの終わりに出てきそうな文章を頭に浮かべながら運転を続ける。高速道路と一般道を併用して、『佐賀県立九州陶磁文化館』に到着したのは、午前十一時半過ぎだった。

駐車場に車を止め、建物に入る。駐車料金はもちろん、入場料も無料だ。名護屋城博物館といい、ここといい、佐賀県は太っ腹というか無欲というか、これで大丈夫なのかと心配になってくる。ただ、そう考えること自体が、あらゆるものにお金がかかる東京の暮らしに慣れきっているからかも

絶品ゲソ天と温泉湯どうふ
佐賀

しれない。

空も海も広く、人は大らか。日和の中での九州は総じてそんなイメージであるが、佐賀はその筆頭のような気がする。いいところだ、と思うけれど、ここで暮らすとなったらいろいろ大変なことも多そうだ。だが、それすらも、よその暮らしを知らなければ気にならないと言われれば、そのとおりだった。

入り口にあった鮮やかな紺色のリーフレットを手に、展示場を巡る。

佐賀は古くから焼き物の産地として知られ、有田・伊万里といった日本における磁器の発祥地でもある。『佐賀県立九州陶磁文化館』は各地の陶磁器を一堂に集め、その歴史や文化的背景、陶器と磁器の違い等々、幅広く学べる博物館である。

日和のガイドブックには、それぞれの窯元やその近くにある売店を訪れるのもおすすめと書かれていたが、全部を回る時間はない。なにより、日和の浅い知識では窯元に行ったところで『ふーん……』で終わりかねない。

旅先で陶磁器を大量に買い込むつもりはないし、もともと博物館好きなこともあって、まとめて学べる『佐賀県立九州陶磁文化館』に来ることにしたのだ。

有田焼の歴史から始まり、日本初の色絵磁器を生み出すに至った技術革新、柿右衛門《かきえもん》と鍋島焼、有田焼が海を渡って海外に広まった経緯、生活に根付く焼き物……どんどん見て行く。

説明もさることながら、やはり引きつけられるのは焼き物自体の美しさだ。これに水を入れたら動かすのも大変だとしか思えない壺《つぼ》や、もはや皿としての機能は果たせそうにないと思えるほど大きな皿の隅々まで描かれた細かい模様にため息が漏れる。反面、派手さはないものの、だからこそ普段の生活で気楽に使えたんだろうなと思える小鉢にもじっくり見入る。

ホームセンターや百円均一ショップに行けば、あらゆる生活用品が安価で手に入る。とりわけ食器は、こんなものがこの価格でいいのか、と思えるほどだし、案外丈夫でもある。日和の母は、『○○焼き』と銘打たれる食器はそれなりに値が張るし、気軽に使えない、一番重宝するのはパン屋さんの景品でもらった食器だと言って憚《はばか》らない。

このままでは、こういった陶磁器は生活道具ではなく工芸品としてしか生き残れない世の中になってしまいかねない。長い歴史の中で生まれ、受け継がれてきた技術が廃れるなんて悲しすぎる。焼き物は重いからお土産にするつもりはなかったが、なにかひとつぐらい買って帰ろう。小さめのお皿かお湯飲みなら、キャリーバッグに入る。衣類の間に挟めば割れずに持って帰れるはずだ。

そんなことを考えながら、静かな館内をゆっくり歩く。時が止まったように感じたが、着実に時は過ぎていたようで、出口に辿り着いたときには一時間近くが経過していた。

建物から出て、有田町と姉妹都市であるドイツのマイセンから贈られた『マイセンの鐘』と火食鳥の噴水を見てから車に戻る。『マイセンの鐘』は一時間毎に曲を奏でるらしいが、十二時の鐘はまだ館内にいたので聞くことができなかった。残念だったけれど、これまた『縁がなかった』と諦めて『有田ポーセリンパーク』に向かう。

『有田ポーセリンパーク』は有田焼のテーマパークで、江戸末期から明治初期にかけて作られた輸出用の磁器をはじめ、様々な有田焼が展示されているそうだ。公園になっていて、レストランや売

絶品ゲソ天と温泉湯どうふ

佐賀

店もあるそうだから、お土産も探せるだろう。

――ここにこんなお城があるなんて、全然知らなかったよ！

感動を通り越して、怒りが湧いてくる。佐賀という場所そのものへの怒りだ。あらゆる意味で『もっと宣伝しまくれ！　日本中に周知しろ！』と吠《ほ》えたくなる。

もちろん、日和の下調べが『ゆるかった』ことは認める。それでも、九州全般のガイドブックに占める佐賀の割合の低さ、インターネット検索をしたときに出てくる情報の少なさを考えれば、これでも頑張ったほうだと思う。

もしも日和が『佐賀県立九州陶磁文化館』に行かず、お土産に陶磁器を買って帰ろうと思わなければ『有田ポーセリンパーク』に立ち寄ることはなかった。この見事なお城――ドレスデンにあるツヴィンガー宮殿を模した城を見ることもなかったのだ。

ツヴィンガー宮殿は、十八世紀初頭にドイツのアウグスト王によって建てられた。アウグスト王は、当時のヨーロッパにおける東洋陶磁器の最大のコレクターで宮殿内に膨大な量の陶磁器が保管されていたという。『有田ポーセリンパーク』にツヴィンガー宮殿を模した城が造られたのは、アウグスト王が作らせたヨーロッパの磁器の絵柄に有田の古伊万里や柿右衛門様式に似たものが多く、今でもそのデザインが受け継がれていることに由来する。いわば『ゆかりの城』として建てられたのだそうだ。

城の前の広い庭には芝生が敷き詰められ、建物まで真っ直ぐに通路が続く。通路の中程には噴水も設けられており、それまで含めてヨーロッパの古城そのものである。

佐賀でヨーロッパ旅行気分を味わえるとは思わなかった。しかもここでは、有田焼の登り窯も見られるし、隣には日本酒の酒蔵もある。予約をすれば工場見学ができるようだし、日和は車で来ていたから無理だったけれど、売店では日本酒の試飲もできる。

こんなにお楽しみがたくさん詰まった場所なんだから、もっと宣伝しまくって、観光客をたくさん呼べばいいのにと思う。

例によって、この『有田ポーセリンパーク』も入場料は無料。どうなってるんだ、佐賀！　と吠えたくなって当然ではないか。

ものすごい満足感とやりどころのない怒り。しかもその怒りは、日和が抱く筋合いなど皆無だ。

――いったいなんでこうなった。でも、とにかく頑張れ佐賀！

自分にできるのはこれぐらいしかない、と予算が許す範囲で湯飲みを四つ選ぶ。三つは両親と自分、残るひとつは蓮斗へのお土産で、蓮斗と自分の湯飲みはお揃いにした。

――遠く離れてても、お揃いのお湯飲みを使えば一緒にお茶を飲んでいる気分になれそう。もちろん、蓮斗さんにはお揃いなんて言わないし、たぶん言えないけど……

いつかふたつのお湯飲みが同じ食卓に並ぶ日が来るだろうか。お揃いだと気付いたときの蓮斗の驚く顔が、見たくてたまらない。そんな日が来てほしいと願いつつ、日和は四つの湯飲みをレジに運んだ。

絶品ゲソ天と温泉湯どうふ

佐賀

時刻は午後一時半に近い。お腹も相当空いていたが、あいにくレストランが団体旅行客でいっぱいだった。仕方なく車に戻ってエンジンをかける。

いっそ佐賀市に行ってラーメンを食べようかとも思ったけれど、ナビで調べてみたら、目当ての店がある佐賀駅付近まで一時間かかることがわかった。行列なしですぐに店に入れたとしても食事を済ませるまでに三十分ぐらいはかかるし、そこから本日の宿がある長崎までおよそ二時間……着くのは夕方になってしまう。

今日のうちに行っておきたい場所もあるし、やっぱり無理だと諦めて、ナビの行き先を長崎にセットする。空腹問題は残るが、昨日同様、途中のサービスエリアでなにか食べればいい。もしかしたら『佐賀ラーメン』だってあるかもしれない。

朝ご飯もたっぷり食べたし、まあなんとかなるわよ、と車のギアを『D』に入れようとした瞬間、日和は朝食に出された湯豆腐を思い出した。

あの湯豆腐は美味しかった。一口大に切った豆腐に水菜をあしらい、昆布だしに浮かべただけのシンプルな湯豆腐だったけれど、主役だけで勝負する感じがとてもよかった。胡麻《ごま》がたっぷり入ったポン酢に浸しても負けない豆の力強さに、朝から元気をもらった気がした。もう少し食べたいと思ったけれど、ほかにも料理はあったし、豆腐でお腹がいっぱいになっていたら、あの絶品卵かけご飯の味を知ることもなかったのだから、あれが適量だったに違いない。

とはいえ、現在日和は唐突に思い出した『豆腐を食べたい欲』を持てあましている。エンジンをかけっぱなしにしたままスマホで検索してみると、ここから二十分ぐらいで行ける場所に美味しい

第二話

湯豆腐の店があるとわかった。しかも長崎に向かう途中でもある。

絶好の昼ご飯が見つかった。これは行かない手はない、と日和はナビの行き先をその店にセットした。

二十五分後、日和は『嬉野《うれしの》温泉』に到着した。時刻は午後二時になろうとしていたが、目当ての店は午後三時半まで営業しているから十分間に合う。それに、昼ご飯時を外れているほうがすんなり入れる。ホームページには『駐車場十八台』と書かれていたから、車を止めるのに苦労もないだろう。

ところが、ナビに従って大通りから細い道に折れ、店の前まで行ってみると駐車場はいっぱい、店の外には入店を待つ人の列ができていた。

――もう二時なのにこんなに行列ができてるなんて、相当美味しいのね！

佐賀市まで走ることを思えば行列ぐらいなんてことはない。それに、ラーメンのみならず湯豆腐まで諦めたくない。とにかく車をどこかに止めなければ……と細い道を進んでいくと、行き止まりを曲がったところで駐車場の案内板が見えた。全国至る所で見かける黄色い看板で、日和もあちこちでお世話になっている。ここなら安心、とほっとして車を止める。店に向かって歩き始め、もうすぐ着くとなったところで駐車料金を確かめなかったことに気付いたが、あの会社なら法外な料金を取られることはないだろう。

歩いているうちに足取りがどんどん速くなる。頭は湯豆腐でいっぱいだし、口は受け入れ準備万全。もしかしたら、今目の前に『佐賀ラーメン』を出されてもパスして湯豆腐を選ぶかも……いや、

佐賀

絶品ゲソ天と温泉湯どうふ

やっぱりラーメンを食べたあと湯豆腐も食べる、などという暴挙に出るかもしれない。

とにかく湯豆腐！　と鼻息も荒く辿り着くと、さっきまでの行列はきれいになくなっていた。それどころか、店に入るなり席に案内され、入店五分で注文まで終わってしまった。

――車を止めに行っている間に席が空いたのね。ちょっと離れてはいたけど、遠いってほどでもなかったし、結果オーライ！

あとは出てくるのを待って食べるだけ、とテーブルに置かれていたパンフレットを読み始める。

嬉野温泉の湯豆腐は全国的にも有名で、この店は『温泉湯どうふ発祥の店』だそうだ。

佐賀県産の大豆を使用して自家製造した豆腐を、嬉野温泉の湯を用いてトロトロの食感に仕上げる。パンフレットに載っている写真の出汁が白濁しているのは、豆腐が溶けた結果だろう。

鍋《なべ》の中には野菜や蒲鉾《かまぼこ》、エビの姿も見え、なんだか贅沢な感じだ。朝ご飯で食べたシンプルな湯豆腐とはまったく違う『温泉湯どうふ』に、日和の期待はさらに高まる。気分は、とにかく早く持ってきて！　だった。

だが、そんな日和の期待も虚しく、料理は一向に出てこない。なんでこんなに遅いの？　と思ったところで気がついた。日和が最初に来たとき、店の前には行列ができていた。車を止めに行っている間に行列がなくなったということは、あれだけの人数が店の中に入って料理を注文したということでもある。それだけ注文が重なれば、日和の分が出てこないのは当たり前だった。

名物を食べたい気持ちはみんな同じだ。座って待てるだけでも運がいい。注文したのだからいつかは出てくるはず、とのんびり待っていると、注文から二十分近く経ってようやく料理が運ばれてきた。

白濁した出汁の真ん中に豆腐がこんもり盛り上がっている。くるりと曲がったエビがかわいらしい。写真では白菜にもたせかけられていた蒲鉾は出汁の中にぷかりと浮かんでいるし、椎茸《しいたけ》は半分水没し、わずかに茶色いカサを覗かせるのみ……

はっきり言って写真とは大違いの盛り付けに、日和は思わず笑ってしまった。もちろん、不快なんかじゃない。なんとも人間くさいというか、よそ行きではない温かさがある。うんうん、毎日大忙しだよね、本当にお疲れ様、みなさん身体に気をつけてねーと言いたくなってしまった。

忙《せわ》しなく運ばれてきたトレイの上には、湯豆腐の鍋だけではなく小鉢がいくつも置かれている。大豆や切り干し大根の煮物、春雨の和え物……どれも昔ながらの素朴なお惣菜だ。

――さては、湯豆腐と小鉢のお惣菜で身体も心も温めようって作戦ね！　望むところよ！

なにと戦っているのだ、と突っ込みつつ、レンゲで豆腐を掬《すく》い上げる。温泉の湯で蕩《とろ》けて角が少し丸くなった豆腐をポン酢に浸して口に運ぶ。ツルツルと滑らかなのに、けっしてふにゃふにゃではない。むしろ力強さを感じさせる豆腐に、さすが発祥の店……と唸《うな》らされた。

一時期、梶倉家の食卓にも『トロトロ湯豆腐』が頻繁に登場した。温泉の湯ではなく重曹を使っていたのだが、のんびりしていると豆腐が溶けすぎて出汁がクリームシチューみたいになってしまう。重曹が多すぎるのではないか、と確かめても、母はレシピどおりだと言うし、重曹を控えすぎるとトロトロにならない。やむなく、溶けきらないうちに食べきるようにしていたのだが、湯豆腐を大急ぎで食べるのはいかがなものか、ということで、いつの間にか登場しなくなった。

絶品ゲソ天と温泉湯どうふ

佐賀

今思えば、あれは出汁ではなく豆腐に問題があったのだろう。絹ごし豆腐の食感が好きだとしても、安売りの充填式《じゅうてん》ではなく昔ながらの豆腐屋さんが作っているようなしっかりした豆腐を使えば、あんな惨事は防げたに違いない。

ほどよく蕩けた豆腐とお惣菜でご飯を平らげ、日和は席を立つ。オーダーストップが近いというのに、お客さんは次々やってくる。日和はたまたま行列の切れ目に入店できただけだったらしい。

運がよかったなあ、と思いながら、少し先にある『豊玉姫《とよたまひめ》神社』に向かう。

本当はお参りする予定はなかったけれど、待っている間に検索したところ、近くにある豊玉姫神社はかなりのパワースポットかつ美肌の神様だとわかった。パワースポット好きは昔からだし、お肌はきれいに越したことはない。湯豆腐の店のそばにあるならお参りしていこうと思ったのだ。

てくてくと歩くこと二分で到着した神社は予想より小さかったけれど、本殿の手前に『なまず様』と呼ばれるお社があった。ナマズは豊玉姫のお使いとされていて、真っ白な陶器で作られている。

触ってみるとものすごくすべすべで、ここにお参りしたらさぞやお肌がきれいになるだろうと思わせてくれる。『なまず様』にお参りすればもう十分、とうっかり帰りかねない風格があった。

とはいえ、それではあまりに御祭神の豊玉姫に失礼、と本殿にもしっかりお参りして神社をあとにする。嬉野温泉は佐賀屈指の観光地でもある。ただ湯豆腐が食べたかっただけだし、お湯にも浸かれなかったけれど立ち寄ることができてよかった。

豊玉姫と『なまず様』の御利益で、お肌がすべすべになったらいいなあ……などと考えながら、

第二話

駐車場に戻って車を出す。

　美味しいものを食べられたし、思いがけずパワースポットにも行けた。お肌もきれいになるかもしれない。こんなに満足させてもらったのだから、駐車場代なんていくらでも……と駐車券を精算機に入れる。驚いたことに金額欄に表示された数字は『〇』、案内板をよくよく見ると、入庫して九十分以内は無料という文字が見つかった。

　本当にお金がかからないところだ、と感心を通り越して呆れてしまう。来てくれるだけで十分、お金なんてもう……とでも言いたいのだろうか。そこら中から、人の好《よ》さがあふれ出す。佐賀はそんな場所だ。ここに来られて本当によかった、と思ったのを最後に、日和は今度こそ長崎に向かうことにした。

第三話　長崎

――垂涎のレモンステーキ

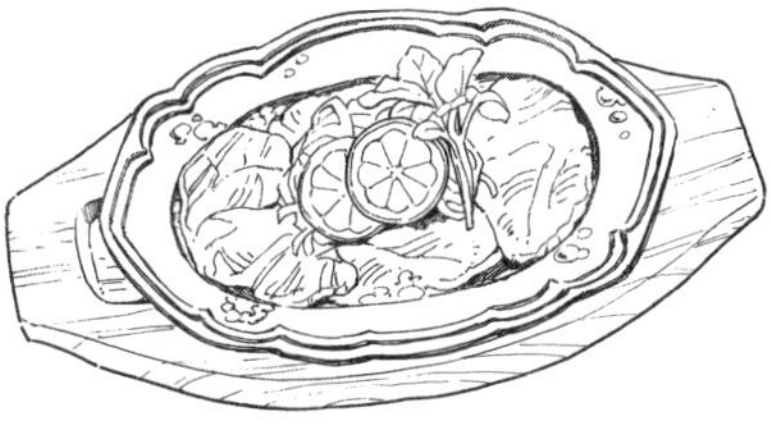

第三話

行く手の上方に広がっている空が、どんどん暗くなっていく。

朝からずっと多少曇り気味ではあったものの、傘のお世話にならずにここまで来たが、どうやらそれも限界らしい。目的地に着くころには雨になっているだろうな、と思いながら車を走らせていた日和は、ナビに表示されている到着予想時刻を見てぎょっとした。

――え、どうしてこんなにかかるの？　スマホじゃないんだから、移動手段が徒歩設定になっているわけでもないだろうに……

レンタカーはナビの扱いが難しい。正確には、難しいのではなく単に見慣れていないせいで必要な情報がすんなり読み取れないだけなのだが、嬉野温泉の駐車場でナビをセットしたときには、到着予想時刻の数字を見た覚えがない。スマホのナビで所要時間は一時間弱と出ていたので、そんなものかと思って車のナビに目的地を入力した。

車の流れがひどく順調なうえに進行方向の信号は青ばかりで、止まることなくここまで来たが、ようやく信号に引っかかった。もうすぐ高速道路に入ることだし、一応ルートを確認しておこうとナビの画面に目をやった瞬間、すみっこに表示されていた到着予想時刻を見つけたのだ。

さすがに、到着予想時刻が午後七時半過ぎなんておかし過ぎる。とても気になったけれど、信号が青に変わってやむなく発進させる。幸い、少し先に車を止められそうなスペースが見えた。銀行

垂涎のレモンステーキ

長崎

の駐車場のようだが、車はほとんど止まっていない。日和はそこでいったん停車して、ナビを確認することにした。

――ごめんなさい、ちょっとだけ止めさせてね！

銀行に用がある人が来たらすぐに動かすから、と誰にともなく言い訳して、ナビを確かめる。画面を指でスクロールしながら経路を追っていくと、目的地までの経路を示すために青くなった道はひたすら東に向かっていく。絶対に違うと思いながらさらに追いかけて、佐賀を抜け、久留米《くるめ》を過ぎ、福岡に至ったところで気がついた。

――これ、平和公園じゃなくて平和記念公園に向かってるじゃない！

名前に『平和』が入っている公園は全国至る所にあるが、マスコミなどでよく扱われるのは広島、長崎、沖縄といったところだろう。

ただ大ざっぱに『平和公園』と言っても、正式名称はそれぞれ違う。長崎県長崎市にあるのは『平和公園』で、広島にあるのは『平和記念公園』、沖縄は『平和祈念公園』だ。

現在日和が目指しているのは長崎の『平和公園』だが、ナビはなぜか『平和記念公園』に案内しようとしている。佐賀から広島を目指したら四、五時間かかるのが当たり前だ。

そうはいっても、これはナビの責任ではない。ナビで検索したときに出てきた候補地を選んだのは日和自身だ。十中八九タッチミス、『平和公園』のつもりで『平和記念公園』を選んでしまったに違いない。高速道路に入る前に気付けたのは、不幸中の幸いだった。

――あっぶなーい……。でも、広島でよかった。もしも『平和祈念公園』を選んでたら大変なことになってた……って、さすがにそれはないか。車のナビは、海を渡るルートを案内したりしないよね？　いや、でも、フェリールートならあり？

恐いもの見たさで『平和祈念公園』と入力したくなったが、そんなことをしている場合じゃない。銀行にまったく用事がないのに車を止めさせてもらっている以上、さっさと設定し直して出発すべきだ。

大慌てで『平和公園』と入力し、出てきた目的地の住所を確かめる。一番上に広島が出てきたのはさっきまでの目的地だからだろう。行きたいのは長崎なの、と文句を言いつつまたスクロールし、目的地を『長崎の平和公園』にセットした。

とんでもない長距離ドライブをさせられるところだったけれど、もうこれで大丈夫。あとは雨が降り出す前に目的地に着けることを祈るばかりだった。

第三話

午後三時五十分、日和は駐車場から地上に続くエレベーターを降りた。

なんとか雨が降り出す前に、という願いも虚しく、長崎市内に入ったころから雨粒がフロントガラスを打ち始めた。しかもポツポツなんてかわいらしいものではない。まさに『バケツをひっくり返したような』と表現するに相応《ふさわ》しい土砂降りで、風までビュービュー吹いている。

一応傘は持っている。ただ、持ち運びを考えて軽くて嵩張《かさば》らないことを重視して選んだものだから、かなり小さいしおそらく強度もない。こんな土砂降りと強風ではひとたまりもないに違いない。

エレベーター前のわずかな庇《ひさし》の前で、歩き出すかどうか迷っていると、賑《にぎ》やかな声が聞こえてき

垂涎のレモンステーキ

長崎

た。伸び上がるように声がする方向を確かめると、制服姿の子どもたちがたくさん集まっている。おそらく修学旅行なのだろう。土曜日に行事があるのは珍しいと思ったが、私立学校なら土曜日も登校するところがあるし、公立だったとしても宿泊先の事情でやむを得なかった可能性もある。

いずれにしても、こんな大雨の中で集合して並ばなければならないなんて、先生も生徒も大変だが、日和が見た限り、より大変そうなのは先生のほうだろう。

生徒たちは『平和祈念像』を目の前に、ひたすらふざけ合っている。『平和祈念像』は神の愛と仏の慈悲の象徴であり、天を指した右手は『原爆の脅威』を、水平に伸ばした左手は『平和』を、閉じられた瞼《まぶた》は原爆犠牲者の冥福《めいふく》への祈りを表しているそうだ。

おそらく先生方は、この巨大な像を前に戦争や原爆について深く考えてほしかったに違いない。だが、生徒たちは、そんな先生方の意図なんてどこ吹く風だ。

先生は、生徒の間を動き回りながら『ここがどういう場所かわかってるの？　もっと考えることがあるでしょう？』などと、諭し続けている。

日和も小、中、高と修学旅行はしたけれど、当時の集合風景は目の前の子たちと大差なかった気がする。そんなものよね、と思ったとき、一向に落ち着かない生徒たちに、先生が最後通牒《つうちょう》みたいな言葉を浴びせた。

「そんなことじゃ、帰ってから困るわよ！　レポートが書けなくなっても知らないから！」

聞いたとたん、記憶が浮き上がってきた。中学の修学旅行の記憶だ。

どうか先生が振り分けて、と祈ったにもかかわらず、修学旅行の活動グループは任意、つまり仲良し同士が集まる形式だった。こういう形式だと、どのグループにも入れない生徒が出てくるものだが、もちろん日和もそのひとりで、先生の采配《さいはい》で規定人数に満たない仲良しグループに入れられてしまった。

幸い、陽気で優しいメンバーばかりで、日和を邪魔者扱いなんてしなかったけれど、なんとなくみんなとの間に壁のようなものを感じていた。

日和はもともとはしゃぎ回るような性格ではなかったうえに、仲良しグループの闖入者《ちんにゅう》になったせいで、さらに無口でおとなしくなっていた気がする。メンバーが終始大騒ぎを繰り広げる中、黙々と風景や展示物に見入り、添えられた説明を読んではメモにまとめていたのだ。

とはいえ、修学旅行が終わったあとの成果報告会ではそのメモが役に立った。いざ報告会用のレポートをまとめようとしたら、メンバーのほとんどが楽しくふざけ合った記憶しかなく、学習の成果を報告しろと言われて途方に暮れた。

そんな中、メンバーのひとりが『梶倉さん、けっこうちゃんと見てなかった？』と言いだし、やむなくメモを差し出した。出発から帰着に亘《わた》り、見たものや感じたことが事細かに記されたメモで、それを読むことでみんなが大騒ぎの陰に隠れきった各々の感想を取り戻し、無事にレポートを完成させることができた。

メンバーみんなに『梶倉さんがいてくれてよかった』と感謝され、勝手に感じていた壁がなくなった気さえした。それ以後も、ものすごく仲良くなったりはしなかったけれど、日和にしては気軽に声をかけることができる友だちを得られたのである。

垂涎のレモンステーキ

長崎

修学旅行で『学を修める』子なんてそんなにいない。日和にしても、あの修学旅行の最大の成果は友だちと呼べる存在を得たことなのかもしれない。

先生方は今なお、声を張り上げている。せっかく長崎まで来たのだから戦争や平和についてしっかり学んでほしいと思っているのだろう。

ただ、今大騒ぎしているからといって、なにも学んでいないとは限らない。

いつだったか、人間の記憶はなくならないという話を聞いたことがある。なくしたように見えてもただ忘れているだけで、なにかをきっかけに記憶が浮かび上がってくることがあるそうだ。

それが本当だとしたら、ひたすら大騒ぎをしてなにも考えていないように見える生徒たちだって、ふとしたとき、たとえばテレビや新聞、インターネットなどで『平和祈念像』を見たときなどに、この修学旅行を思い出して考え込むことがあるかもしれない。あの日、日和のメモをもとにレポートをまとめ上げたグループメンバーたちのように……

――先生、焦らないで。経験は無駄にならない。いつかどこかで、しっかり考えるときがくるから……

そんな言葉を先生方にかけたくなるが、不審者が近づいてきたと警戒されるのが落ちだろう。余計なお世話をやこうとせずに私は私でしっかり見よう、と土砂降りの中に足を踏み出す。

『平和祈念像』に向かって並ぶ生徒たちの後方に立って、天を指す像を眺める。

いわゆる『がっかり観光地』と称される中には、もっと大きいと思っていたのに実物は意外に小さかった、というものがある。だが、この『平和祈念像』は日和の予想を超えて大きい。こんなに大きな像を立てなければならないほど、この地に渦巻く無念は質、量ともにすさまじかったのだろう。

——当たり前よね。ついさっきまでごく普通に生活していたのに、次の瞬間にはもう命がなくなってるんだもの。こんな理不尽、誰の身にだって起こっていいはずない！

日和の中で、あらゆる争い、とりわけ戦争と呼ばれる行為を憎む気持ちがどんどん膨らむ。仕掛ける者がいなければ戦争は始まらない。だからといって、奪われるまま、されるままになるわけにもいかない。

降りしきる雨の中、日和はひたすら、どうしたらみんなが争わずに生きられる世の中になるのかを考える。答えなど出ないことはわかっている。それでも、考えること自体に意味があると信じるほかなかった。

そのまま五分ほど見ていると、生徒たちが動き始めた。きっと次の目的地、あるいは宿にでも向かうのだろう。『バス』という言葉も聞こえるから、ここでバスが迎えに来るのを待っていたようだ。

雨は一向に止む気配はない。生徒たちが去ったあと『平和祈念像』の前は無人と化した。

このまま『長崎原爆資料館』まで歩くつもりだったけれど、さすがにこれだけ降っているとためらわれる。もしかしたら傘が壊れるかもしれない、というおそれもあり、日和はまたエレベーターに乗って、地下駐車場に戻る。

三十分も止めてないのに……と雨を恨めしく思いながら料金を払い、『長崎原爆資料館』に向かう。車に乗ること三分、あっという間に駐車場に到着。幸いなことに、建物の入り口のすぐ近くに止められたので、ほとんど濡《ぬ》れることなく館内に入れた。雨はますます強くなっているようだし、歩いてきた人は肩どころか髪まで濡れている。やはり車で移動したのは正解だったようだ。

なだらかなスロープを下りていくと、『長崎原爆資料館』の入り口があった。自販機で観覧券を買い、QRコードをかざしてゲートを抜ける。

ハイテクだなあ、と思う反面、観覧料に首を傾げてしまう。二百円というのは、このシステムを維持するのに相応しい金額なのだろうか。

無料では施設を維持できないのはわかっているし、あまり高額だと観覧者が減ってしまう。この施設は長崎に落とされた原爆の姿を後世に伝えるために造られたのだから、ひとりでも多くの人に来てほしい。そう考えると、この金額は妥当なのかもしれない。

いろいろなことを一生懸命考えて決めた金額に文句を言う筋合いではなかった。とにかくしっかり見よう、と日和は壁に貼られた説明を読み始めた。


——わかってはいたけど、やっぱりやりきれないなあ……

車に戻った日和は、両手をハンドルに置いて顔を伏せていた。

雨はほぼ上がっている。フロントガラスにはまだポツポツと雨粒が当たっているが、傘をささずに歩く人も出てきた。時刻は午後五時を過ぎたところで、日没まではまだ一時間ぐらいある。空は明るさを取り戻しつつあるのに、日和の気持ちは沈んだままだった。

第三話

　長崎は九州屈指の観光地である。函館、神戸《こうべ》と並ぶ三大夜景のひとつとされ、温泉や世界遺産、大型テーマパークといった人気スポットも目白押しである。

　長崎を訪れるにあたって行きたい場所はたくさんあったけれど、日和が最初に訪れようと思ったのはこの『長崎原爆資料館』だった。

　正直に言えば『訪れたい』とは思わなかった。ただ『訪れるべきだ』と思った。原爆について知らねばならない。それが、世界で唯一の被爆国に生まれた人間の責任だと考えたのである。

　実は、日和は今日うっかりナビに連れて行かれそうになった『平和記念公園』にある『広島平和記念資料館』を訪れたことがある。高校の修学旅行だったのだが、あのときもかなり暗い気持ちになった。

　中学の時とは異なり、活動グループは名簿順に振り分けられたおかげで、仲良しグループの闖入者になることはなかったし、念入りに事前学習をおこなったせいか、みんながはしゃぎ回る場所ではないことを理解していた。

　どういう展示物があるかも、ある程度はわかっており、みんなで粛々と、それなりの心構えで入っていったにもかかわらず、進めば進むほど明らかになっていく原爆の悲惨さに言葉をなくし、剝《は》がれた皮膚をぶら下げて歩く人形に怯《おび》えた。

　見学を終えて戻ったバスの中では、クラスで一番騒がしいと評判の男子でさえ、窓から遠くを見つめて物思いにふけっていた。日和と同じグループではなかったが、夜中に飛び起きた生徒も複数いたという。ある者は皮膚が垂れ下がった人形に襲いかかられ、またある者は石段に張り付いた黒い影がゆらりと浮き上がって迫ってきたのだそうだ。

話を聞いた日和は、自分は鈍感なのかもしれないと思う反面、そんな恐い夢を見ずに済んでよかったと安堵《あんど》した。

あの修学旅行から十年以上の歳月が流れ、普段の生活で思い出すことはなくなったけれど、広島の平和記念式典の報道を見るとあの人形たちが頭に浮かぶ。遠い過去から『忘れてくれるな』と呼びかけてくるのだ。

とはいえ、今はもう日和が怯えた人形たちを見ることはできない。日和が就職したあと、『広島平和記念資料館』がリニューアルされた際に撤去されたそうだ。

あまりにも悲惨すぎて見るに堪えないからかと思ったら、現実はあんなものではなかった、服なんて跡形もなかったし、誤ったイメージを与えかねないというのが撤去理由だったそうだ。

被爆再現人形が撤去されたと聞いて、あの夢に出てきて飛び起きるほど悲惨な人形ですら、『あんなものではなかった』と言われたことに衝撃を受けた。原爆被害の姿に向き合うことができなくなったのである。

それでも、今回長崎を訪れるにあたって『長崎原爆資料館』に行かずには済ませられないと思った。それはきっと、当時よりもはるかに高まった世界規模の緊張のせいだろう。

一九四五年の夏から目を背けず、あの悲劇が二度とおこらないよう努める。実際に日和にできることなどなにもないかもしれないけれど、まず心構えを持つことが大事だと考えたのだ。

そして臨んだ『長崎原爆資料館』は、広島の『平和記念資料館』よりも規模は小さい気がした。

それでもなお、けっして平静ではいられない。『Ｎｅｖｅｒ Ｗａｒ！』と繰り返し叫びたくなるような憤りがある。

この気持ちを忘れず、もっともっと真剣に考えなきゃ！　――強い思いとともに、日和はホテルに向かう。今日の予定はこれで終了、『あの夏』について考える時間はたっぷりあった。

第三話

午後六時、案内された席に座った日和は豪華すぎる料理に目を見張った。

テーブルには、昨日に引き続き新鮮そのもののアジの刺身、しっぽく料理を少しずつ盛り付けた小鉢の数々、陶板焼き、しゃぶしゃぶの鍋が置かれている。陶板焼きとしゃぶしゃぶの両方があるのはすごいし、どれもとても美味《おい》しそうだ。おまけに日和が予約したプランには飲み放題までついている。

実はこのホテルは長崎の夜景を一望できる場所にある。長崎の夜景を見るのに最適なのは稲佐山《いなさやま》山頂展望台だと言われているが、以前夜景を見るために登った函館の展望台はものすごい人出だった。上りのロープウェイに乗るのに三十分以上待ったし、下りてくるのはさらに時間がかかった。素晴らしい夜景を見られたから後悔はしていないが、正直、観光客でごった返す展望台に行くのは億劫《おっくう》だ。稲佐山よりは多少低い場所かもしれないが、ホテルの窓からのんびり夜景を眺められるなら、それに越したことはない。

もっと言えば、今回予約したのは『眺望なし』の部屋だったにもかかわらず、窓の外には長崎の町が広がっていた。これなら、時間を気にする必要もない。食事を堪能してから部屋に戻り、ゆっくり夜景を楽しめばいい。その上、ベッドは窓際に置かれているから、夜景を見下ろしながら眠りにつくという贅沢さえ味わえるのだ。

ホテルにチェックインしたのは午後五時半だった。『長崎原爆資料館』からは十分もかからない距離だったが、途中でコンビニに寄っていたら遅くなってしまった。そのせいか玄関の近くに空きスペースがなく、駐車場の一番奥まで止めにいっていたらさらに遅くなってしまった。やれやれと思って車から降りようとしたら、そのタイミングでまた雨が降り出した。傘は小さく、自分か荷物かの二択に迫られて荷物を優先した結果、びしょ濡れでチェックインすることになってしまった。

もうちょっと近くに止められたらよかったなあ……と思いつつフロントに行くと、館内が工事中で若干騒音があることと、入浴時間に制限があることを告げられた。

お風呂《ふろ》も工事中かと思ったらそうではなく、修学旅行生の貸し切り時間があるのだそうだ。なるほど、と納得して部屋に入ったが、工事の音がうるさくてお得意の『一眠り』どころか、物思いにふけることもできない。この上お風呂すら自由に入れないのか、とがっかりしていたが、料理を見たとたんそんな気持ちが吹き飛んだ。

そう言えば、日和が予約したのはシングルルームだった。それなのに、いざ入ってみたら窓からしっかり景色が見えるばかりか、予約した部屋よりかなり広いツインルーム、おそらくグレードアップしてくれたのだろう。

なんだそういうことか、がっかりして悪かった、と反省しつつ、日和は飲み物を取りに行った。食事処の一角にテーブルがあり、焼酎やウイスキー、カクテルを作るためのシロップのようなも

第三話

のや割り材がずらりと並ぶ。ソフトドリンクや生ビールのサーバーも置かれており、冷蔵ケースの中にはジョッキも用意されていた。

ソフトドリンクならファミレスのドリンクバーでよく使うが、生ビールを自分で注いだことはない。普段からちょっとやってみたい……と思っていた日和は、ジョッキをひとつ取り出してビールサーバーの前に立った。

――えーっと、これを引けばいいのよね？　ああああっ！　ちょっと待って、大変！

待ってもなにも、レバーを戻せばビールは止まる。だが、あたふたしている間もビールはどんどん出続ける。ようやく気付いて止めたときには、ジョッキはビール、いや泡でいっぱい……なんだか既視感がある、と思ったら、食べ放題のソフトクリームだった。

――そう言えば私、ソフトクリームを作るのも下手だった。何度やってもうまくいかないのよね。あたふたしている間にソフトクリームが山盛りになっちゃって、慌ててお母さんがお皿で受けてくれたっけ……

ビールサーバーとソフトクリームの機械は、どちらもレバーを引けば出てくるという構造だ。手に持っているのがジョッキかソフトクリームのコーンかの違いはあるが、操作自体は似通っている。ソフトクリームがまともに作れないのに、ビールがちゃんと注げるはずがなかった。

黄金色の液体は底からせいぜい三センチほどで、あとは全部泡だ。だが、泡は置いておくうちにビールに戻る。とにかく溢《あふ》れさせずに済んでよかった、と思いながら自分のテーブルに戻った。

ところが、日和が席について食事を始めようとしたとき、けたたましい笑い声が聞こえてきた。

長崎

なにごとかと思って見ると、ビールサーバーの前に若い女性がふたり立っている。おそらく二十代前半、もしかしたらまだ学生かもしれない。日和同様ビールを注ごうとして泡だらけにしてしまったようだ。

「ちょっと、なにそれ」

「泡ばっかり、うけるー！」

そうか『うける』のか……なるほど……と妙に感心してしまう。

ジョッキが泡でいっぱいになっても笑い飛ばせばいいのか。だが、あの女性たちはふたり組だけれど、日和はひとり。ひとりであんなふうに笑い出したら不気味だし、心配した従業員が飛んできかねない。こっそり失敗してこっそり戻ってくるのがいいところだろう。

楽しそうなふたり組を横目に、ジョッキに口をつける。

泡は半分ほどビールに戻っていたけれど、なんだか美味しくない。一度泡になったからか、落ち着くのを待っている間に温《ぬる》くなってしまったからかはわからないが、『生ビール』の魅力がすべて失われたような味だった。

生ビールを注ぐという体験ができたのはよかったが、やっぱり慣れた人に注いでもらうほうがいい。今後は『プロ』にお任せしよう、と決心して箸《はし》を取る。

どれから食べようか散々迷った挙げ句、日和が選んだのは『豚の角煮』だった。

小鉢は子どもの手の平ほどの大きさだ。そこに収まるサイズなので、角煮もかなり小さいが、一口で頬張るのはためらわれる。とりあえず割ってから、と角煮に箸を入れた日和は思いがけない感

第三話

触に驚いてしまった。

角煮の褒め言葉に『すっと割れるほど柔らかい』というものがある。『口の中で蕩《とろ》けるような』というのもそのひとつだろう。ところが、目の前の角煮はかなり固く『すっと割れる』どころか、箸を入れるのも大変だ。

割るに割れず、やむなくそのまま口に入れる。もちろん蕩けたりしない。だが、こんなにしっかりした角煮は初めてだ、と思いながら嚙《か》んでいるうちに、豚肉の甘みがジワジワと染み出してきた。肉そのものの旨《うま》みがゆっくりと広がっていく。トロトロになるほど煮なかったのは、この旨みを残すためだったのかもしれない。なるほどなるほど、と頷《うなず》きつつビールを含む。

嚙み応《ごた》えのある角煮に助けられて、温いビールまで美味しく感じる。

空酒上等、つまみなんて必要ないという人もいるだろう。だが、日和にとってのお酒はやはり料理があってこそ、お互いに助け合って引き立て合ってください、というところだった。

とはいえ、大部分が泡だったせいかジョッキはすぐに空になった。食事はまだ始まったばかりだし、せっかくの飲み放題なのでおかわりがほしい。できればちゃんと冷たいビールが飲みたいけれど、もう一度挑戦したところでまた泡だらけにしてしまうに決まっている。

梅酒かウイスキーのハイボールでも、と思いながらドリンクコーナーに近づくも、やっぱり気になるのはビールサーバーだ。なんとかならないものか、と思っていると、従業員の女性が声をかけてくれた。

「お注ぎしましょうか？」

垂涎のレモンステーキ

長崎

「あ、ありがとうございます！　お願いします！」

渡りに船とはこのことだ。早速注いでもらってテーブルに戻る。

座るやいなや呑《の》んでみたビールは、冷たくてすっきりしていて泡も滑らか……自分で注いだものとは天と地の差だった。

——これよ、これ！　これが生ビールってものよ！

大喜びで二口、三口と続けて呑み、ようやく落ち着いてテーブルの上を見回すと、しゃぶしゃぶの出汁がちょうどよく温まっていた。

しゃぶしゃぶの鍋は麦わら帽子をひっくり返したような形をしていた。帽子のつばにあたる部分に野菜や肉が置かれ、出汁は真ん中の窪《くぼ》みに入れられている。肉や野菜を出汁で煮て食べるのは普通のしゃぶしゃぶと同じだが、具と出汁が隣接しているので入れやすい。

だが、便利なお鍋だと思いながら食べ進めていくうちに、日和は困った事態に遭遇した。置かれているのが鍋の縁なので、ダイレクトに具材に熱が伝わる。野菜も肉も出汁に入れる前に火が通ってしまう。

おまけに、ひとりでも大人数でも鍋の大きさは変わらない。ひとり分の具材は当然大人数よりも少なくなるし、縁の一部だけに寄せて盛り付けるわけにはいかない。縁を埋め尽くすように盛り付けようと思ったら具材を薄く広げる必要があり、その分、熱も早く伝わってしまう。見る見るうちに色が変わっていく肉や野菜に、日和は大慌てだった。

——お鍋に入れる前に火が通っちゃったら固くなっちゃうし、お出汁も染みない。やっぱりしゃ

第三話

ぶしゃぶの具材は別のお皿に盛ったほうがいいよ……って、あれ？

そこで日和が思い出したのは、フロントで聞いた『修学旅行』という言葉だった。

修学旅行は言わずとしれた団体旅行だ。十人とか二十人ではなく百人単位の生徒を受け入れることもある。そんな数の生徒に一斉に食事をさせるためには、こういう鍋が便利だ。

具材が鍋の縁に乗っていれば、場所を取らないし運ぶのも楽だ。修学旅行生は食べ盛りの年代でもあるから、縁の上で具材に火が通ってしまう前に食べきることもできる。

もしかしたらこのホテルは頻繁に修学旅行生を受け入れていて、団体対策としてこのお鍋を使っているのかもしれない。

それならそれで仕方がない。観光地にあるホテルにしてはかなりお値打ちだったし、きれいな夜景が見られる部屋にも替えてもらえた。ゆっくりしゃぶしゃぶが食べられないぐらいで文句を言ってはいけない。

我ながら、なんという割り切りの良さ、と感心しつつ、鍋の縁の具材をすべて出汁の中に入れる。ホームページの料理紹介欄に『しゃぶしゃぶ』と書かれていたからそのつもりでいたけれど、『肉と野菜たっぷりのお鍋』と思えばいい。この肉は豚肉で適度に脂身も入っているから、出汁の中ならそれほど固くならない。少なくとも鍋の縁で火が通ってしまうよりは美味しく食べられるはずだ。

臨機応変って大事よね、とにんまりしつつ、鍋の中を掻《か》き回す。豚肉や野菜がほっとしたように見える。おそらく鉄板の上で炙《あぶ》られる恐怖から逃れ、お風呂に浸からせてもらった気分でいるのだろう。

よかったわねえ、と微笑みながらもどんどん食べる。

しゃぶしゃぶならぬ『肉と野菜たっぷりのお鍋』、しっぽく料理の小鉢たち、アジの刺身まで完食。アジの刺身は身がしっかり締まっていて脂もたっぷり。刺身やタタキは言うまでもなく、これだけ身が厚ければフライや天ぷらにしても最高だろう。

さすがに陶板焼きまでは食べきれなかったけれど、具材は『肉と野菜たっぷりのお鍋』とほぼ変わらなかったので悔いはない。思いがけずビールサーバー体験もできたし、お風呂に入れる時間も近い、ということで、日和は部屋に戻ることにした。

盛りだくさんの料理とジョッキ一杯半のビールで、下を向くのがちょっと辛《つら》いほどお腹はいっぱいだ。

普段はこんなに食べられないのに、と思ったが、父によると『旅は別物』らしい。

旅先だから、今食べないともう二度と出会えないかもしれない、という思いのせいか、旅行中は普段より運動量が増えるからか……いずれにしても、食事の量は普段の一・五倍、時によっては二倍ぐらいになる、と父は言う。

もともと父はよく食べる人なのに、さらに一・五倍とか二倍と言われるとびっくりするが、旅先でたくさん食べるのは遺伝かもしれない。問題は、食べたら食べただけ増加する体重だが、こちらは母にそっくりでもある。

梶倉家の遺伝子最強、とため息が出るが、元気に楽しく旅を続けられるのもきっとこの遺伝子のおかげ、文句を言っては罰が当たるというものだった。

第三話

「わあーっ！　めちゃくちゃきれい！」

語彙《ごい》力はどこへ行った。そんなものは、もともとない。日和にできるのは、ただ窓に張り付いて、絶景を眺めることだけだった。

夜景を見たのは初めてではない。函館の夜景はもっと広範囲だったし、雪がちらついていたせいか、とても風情があった。長崎にしても夜景スポットと名高い稲佐山に登れば、スマホの画面に収まりきらないほどの夜景が見られたのだろう。

それでも、稲佐山に登ったら稲佐山そのものを見ることができなくなる。窓の右上にそびえ立つ稲佐山と、それに至る長崎ロープウェイらしき微《かす》かな点まで含んだ夜景は、長崎のありのままの姿を感じさせる。

目を凝らせば、ビルの窓や道路を走る車の明かりのひとつひとつを捉《とら》えることができる。

いつだったか『夜景を作るのは残業だ』という言葉を聞いた。テレビだったかインターネットだったか定かではないが、現実的すぎてがっかりした覚えがある。

けれど、今こうして窓の外を見ていると、なんだか温かい気持ちになってくる。稲佐山も、遅くまで働き続ける人も、家に帰ろうと車を走らせる人も、すべて含んで長崎だ、これこそが長崎のありのままの姿なんだ、と思えるのだ。

山に登れば、星を敷き詰めたような夜景が見られる。きっとロマンティックでうっとりするような風景だろう。それでも、この窓から見る夜景は、長崎は人が暮らしている町だとしっかり感じさせてくれる。それはそれでとても素敵だと日和は思う。

あの夏、一瞬にして壊され、たくさんの命が失われた町が、今こんなに美しい夜景を見せてくれる。命ははかないけれど、人はけっして弱くない。歴史を絶やすまいと積み上げられた努力の膨大さにただ頭が下がった。


「そっか。稲佐山は行かず、か……」

スマホからそんな蓮斗の声がする。午後九時半過ぎ、いつもより少し遅く始まった通話で、ホテルの窓から夜景を見たと話したあとのことだった。

やはり稲佐山からでないと長崎の夜景を見たとはいえないのかな、と思っていると、少し慌てたように蓮斗が続けた。

「ごめん、否定してるわけじゃないんだ。ただ、ちょっと……」

「ちょっと、なんですか？」

「寂しい……かな？」

「寂しい？」

「なんていうか……旅慣れたなあって。だって普通の観光客が夜景を見たいと思ったら、十中八九稲佐山を目指すだろ？　夕食なんて二の次で、日没にあわせてロープウェイに乗って……。でも日和は、ゆっくり飯と酒を楽しんで、ホテルから夜景を見る。人混みに揉《も》まれることもなく、窓の外の夜景をひとり占め。その上、風呂に入ってベッドで寝転んでまた夜景を眺める。それができるホテルを選ぶことからもう……」

第三話

蓮斗は話し続けている。窓の外の夜景をひとり占め……云々《うんぬん》は、グレードアップしてもらえたおかげなのだが、それは告げていないから誤解するのも無理はない。いずれにしても、彼は日和が旅に慣れすぎて、自分の助言を求めなくなるのではないかと心配しているようだ。だが、日和に言わせれば、それはとんでもない間違いだ。

日和がひとり旅を始めてから五年近くが過ぎた。その間、本当にいろいろな場所を訪れた。北海道、本州、四国《しこく》、九州、沖縄、すべて行ったし、都道府県別に考えても四十七のうち半分ぐらいは足を踏み入れた。それでもなお、蓮斗には遠く及ばない。なにせ彼は四十七都道府県を踏破どころか、二回り目を終えかけているそうだ。出張で行った分も含んでいると本人は言うけれど、蓮斗に限ってただ仕事をして帰ってくるとは思えない。

仕事を終えたあと、あるいは前乗りしてでもその地の名物ぐらいは楽しんだはずだ。そんな蓮斗のアドバイスが不要になる日なんて、来るはずがないのだ。

ただ、正直に言えば、今の日和は蓮斗の心配どころではない。なぜなら、たった今蓮斗は『日和』と呼んでくれた。これまでずっと『梶倉さん』だったのに……

熱海で出会ったときは名前なんて知らなかった。観光地で偶然居合わせた人と名前を呼び交わすはずもなく、金沢で奇跡の再会を果たしたときには、彼はすでに日和が麗佳の同僚であることも『梶倉日和』という名前も知っていた。呼び方は当然『梶倉さん』だったし、交際が始まったあともずっと同じで、日和自身がちょっと寂しく思っていた。

かといって、自分から苗字じゃなくて名前で呼んでください、なんて言えるはずもなく今に至る。

その蓮斗が名前で呼んでくれた。しかも『日和ちゃん』ではなく『日和』だ。一気に距離が近づいた嬉しさに、目の前の夜景がさらに輝いたような気がした。

「切れちゃったのかな……」

日和が黙ったままでいることに気付いたのか、蓮斗が怪訝《けげん》そうに言う。

「大丈夫です。切れてません！」

「よかった。あんまり返事がないから……」

「ごめんなさい。ちょっと……」

「どうした……あ、もしかして『名前呼び』がいやだった？」

どうしたはこっちだ、と言い返したくなる。もともといろいろ気がつく人だったけれど、ここまで察しがよすぎるとさすがに恐い。

だが、その察しのよさに助けられたことは山ほどあるし、彼の大きな魅力だから失われてほしくない。しかも、『名前呼び』を気にしていることは察しても、喜んでいるとわからないところが蓮斗らしかった。

「大歓迎です」

「え？」

「名前で呼んでくれて嬉しかったです。だって麗佳さんは呼び捨てなのに、私のことはずっと『梶倉さん』だったから……」

「麗佳!?　あれはもう男友達みたいなものだよ。俺が麗佳と関わるようになったのは、浩介と付き

第三話

合い始めてからだし、俺のタイプが麗佳とは全然違うことも知ってた」

「そうなんですか!?」

「え、麗佳から聞いてないの?」

蓮斗と出会った当時、日和は彼を麗佳の交際相手だと勘違いした。麗佳にそれを訂正されたことはあったが、三人の出会いについて聞いたことはない。だからこそ、もともと蓮斗は麗佳が好きで、親友の浩介と付き合い始めたことで自分の想いを封じたのではないか、なんて妄想をたくましくしたこともあった。まさか、出会ったときにはすでに麗佳と浩介は恋人同士、しかも蓮斗の好きなタイプが麗佳とは『ぜんぜん違う』なんて思ってもみなかった。前もって伝えておいてくれれば、あんなに落ち込まずに済んだのに、と思っても麗佳に責任なんてない。勝手に妄想して勝手に落ち込んだ日和が悪いのだ。

やれやれ、と思いながら言葉を返す。

「まったく聞かされてません。麗佳さんはよほどのことがない限り、そんなプライベート……っていうか昔話はしませんし」

プライベートな話をしないというのは嘘だ。浩介や蓮斗についてはかなりいろいろなことを聞いている。ただ、それは事実かつ現在の話がほとんどで個人の価値観についての話、特に過去については多くを語らない。麗佳の根底に『人は変わる』という概念があり、本人の許可なく昔の姿を晒《さら》すのは好ましくないと思っているのかもしれない。

それについては蓮斗も同意見らしく、頷きながら言う。

垂涎のレモンステーキ

長崎

「わかる。確かに昔は昔、今は今とでも思ってそうだよな。でもまあ、そういうこと。俺は浩介がそう呼ぶから『麗佳』って呼んでた」

「それって、浩介さんは平気だったんですか？」

男女問わず、自分の恋人を『名前呼び』されて嫌がる人は多い。浩介は気にしなかったのか、という問いに、蓮斗は大笑いで答えた。

「ぜんぜん。あいつはもともと自信家だし、麗佳が俺のタイプじゃない以上に、麗佳のタイプも俺とはかけ離れてることもわかってる。俺にとって麗佳は浩介の彼女、三人でつるんで遊ぶのは楽しいけど、それ以上だと思ったことはないよ」

「……よかった」

心の底から湧き上がった言葉に、蓮斗が忍び笑いを返す。きっと彼は、日和の心配をわかっていて、あえてこの話をしてくれたのだろう。なんともありがたい気遣いだった。

「ってことで、明日はどうするの？」

「オランダ坂に行って、グラバー園と大浦《おおうら》天主堂を見るつもりです」

「そこは定番なんだ」

「長崎ですから」

「『ハウステンボス』は？」

「ちょっと時間が足りません」

「だよね。よかった」

第三話

「いつか一緒に行こうよ。きれいなところだからひとりで見て回るだけでも十分かもしれないけど、アトラクションなんかはふたりのほうが楽しめる」

「よかった？」

「ですよね！」

実は『ハウステンボス』は今回の旅行で訪れるかどうか迷った場所だ。四季折々の花が植えられ、ショーやイベントも多彩だ。美味しいものもたくさんあるそうだし、ひとりでも十分楽しめそうだ。もしも蓮斗がいなければ、日和はひとりで突入したかもしれない。

けれど、間違いなく蓮斗はいる。しかも、今や彼は恋人で『ハウステンボス』のある九州に住んでいる。今回は無理だったにしても、一緒に行く機会を作ることはできるだろう。

「本当にごめんね。今回、一緒に行ければよかったんだけど、よりにもよってお袋たちと被《かぶ》るなんて……」

「気にしないでください。お母様たちの予定のほうが先に決まってたんですから仕方ありません。それに明後日《あさって》には会えますから」

「そう言ってもらえると気が楽になる。じゃあ、明日も気をつけて」

「はい。あ、お土産、買っていきます。リクエストありますか？」

「長崎か……じゃあカステラ。ザラメいっぱいのやつ」

「了解です。グラバー園に行ったときに探してみますね」

「楽しみにしてるよ。おやすみ」

垂涎のレモンステーキ
長崎

「おやすみなさい」

いつもの挨拶《あいさつ》で通話が終わる。

彼の両親と自分の福岡訪問が重なると聞いてものすごくがっかりした。もっと早く、麗佳に言われる前に計画を立てて蓮斗に知らせていれば、ご両親の訪問と重なることはなかったかもしれないと思ったら、自分の頭を殴りつけたくなった。

ただ、あのとき蓮斗は日和以上に落胆していた。日和ではなく、両親のほうをキャンセルしようかとすら言い出したのはその証拠だが、そんなことをさせられるわけがない。

蓮斗が九州に赴任してから三ヶ月が過ぎた。正月に顔を見たとはいえ、息子がどんな場所でどんな暮らしをしているか確かめたいというのは親として当然だろう。

日和の両親にしても、兄がひとり暮らしを始めたときは大騒ぎだった。同じ都内への引っ越しだったというのに、ちゃんとした部屋は探せるのか、家具や家電はひとりで揃えられるのか、と気を揉みっぱなしで、引っ越していったあともしばらく兄の話ばかりしていた。兄はもともとまめに連絡してくる人だからいいようなものの、そうでなければ両親、とりわけ母は心配で居ても立ってもいられなかったに違いない。

蓮斗のお父さんは定年退職したあと再雇用で仕事を続けているという。お母さんはお母さんでなにかパートをしているそうだ。お金が足りないというわけではなく、暇を持てあましているよりは働いたほうがいいという考えらしい。ふたりともが働いているのであれば、予定を合わせるのは一苦労だし、三連休のホテルを押さえるのも大変だったはずだ。

なにより、自分のために予定を変えさせるなんてあり得ない。蓮斗には恋人や友だち同様、家族も大切にする人であってほしいし、実際彼はそういう人だ。彼の両親に自分についての悪印象を残したくない思いも強く、日和は蓮斗の両親が帰京してから会うことに決めた。

無理をしていないかと訊《き》かれたら、していると答えるに決まっている。それでも、自分が蓮斗に会いたがっているという気持ちがちゃんと伝わっているなら問題ない。長く付き合っていきたいと思ったら、これぐらいの我慢はしなくては、と判断したのだ。

世の中には無駄な我慢もあるけれど、これは必要な我慢だ。蓮斗に言ったとおり、ひとり旅の楽しさと蓮斗に会える喜びを一緒に味わえるのだから、こんなに『お得』なことはない。

ベッドに腰掛けたまま、日和は窓の外に目をやる。

寝心地は抜群だし、眼下には相変わらず夜景が広がっている。夕食を終えて戻ってきたときよりも少しだけ明かりがついている窓が減ったようだ。仕事を終えて家に帰った人たちが、ゆっくり休めていればいいな、と思いながら、少しずつ明かりが減っていく夜景を眺めていた。

第三話

翌朝、食事処に行った日和は、入り口で従業員の人に止められた。朝食の準備が整っていないので少し待ってほしいというのだ。

あれ？　と思って時計を確かめたけれど、朝食開始時刻は過ぎている。今日は車だからいいようなものの、電車やバスで移動する日だったら焦っただろうな、と思いながら待っていると、十分ほどして席に案内された。

長崎

早速トレイを持って列に並ぶ。心なしか、並んでいる料理が少ない気がする。ところどころに空きスペースがあるから、もともと品数が少ないのではなくまだ料理ができていないようだ。

全国各地のホテルを利用してきたが、朝食開始時刻に料理が間に合わないというのは珍しい。改装工事が入っているようだから、なにかトラブルでもあったのだろうか、と心配しかけたが、完成している料理もある以上、火や水が使えないわけでもなさそうだ。

とはいえ、美味しそうなお刺身が並んでいるのに酢飯が間に合っていないダメージは大きそうだ。たしかこのホテルのホームページに、朝食の目玉は海鮮丼だと書かれていた。

日和は普通のご飯でも平気だが、海鮮丼は酢飯でなければ、という人にとっては残念すぎる。『いつできるんだよ』と半ば詰め寄るような声も聞こえたから、よほど楽しみにしていたに違いない。

なんだかなーと思ったけれど、料理の味そのものは悪くない。刺身はどれも新鮮だし、和洋折衷どころか、麻婆豆腐《マーボーどうふ》や油淋鶏《ユーリンチー》といった中華料理もあるし、焼き立てのクロワッサンも出てきた。空いたスペースがちゃんと埋まっていればさぞや食べ応えのあるビュッフェだっただろう。こんなことなら朝食を開始早々ではなく、もっと遅い時刻にしておけばよかったと思ったが後の祭りだ。用意が完璧《かんぺき》に整っていたとしても、全部の料理を食べられるわけじゃない、と自分に言い聞かせ、料理を取っていく。

昨日の夕食で出されていたグラタン入りのパイがとても美味しかったので、同じものがないかと探してみたがパイはなかった。ただし、紛れもなく出来立て熱々のグラタンがあったので盛り付けたらこれが大正解。こんなにソースが滑らかで塩加減も好みにぴったりのグラタンは食べたことがない。このグラタンだけで十分、とおかわりに行き、通りすがりに焼き立てのクロワッサンもお皿にのせる。ついでにデザートの果物とプチケーキもいくつか……とお皿はいっぱい。どこがグラタンだけで十分なんだ、と自分でも呆《あき》れ返ってしまった。

その後、日和がコーヒーとデザートを楽しんでいると、どこかから賑《にぎ》やかな声が聞こえてきた。おそらく修学旅行生が出発するのだろう。修学旅行というのは、案外朝早くから行動する。この時刻に出発するためにはかなり早くから食事をしなければならないはずだ。

一般客の朝食に手が回らなかったのはそのせいだろうか。そうだとしたら思うところがないではないが、ただの憶測の可能性も高い。それに、日和だって何度も修学旅行に行っている。そのたびに、周りのお客さんにも迷惑をかけただろうからお互い様だ。

『修学』ってなに？　と首を傾げる旅行ばかりだった日和にしても、楽しい思い出がゼロというわけじゃない。若くて心も頭も柔らかいうちに、いろいろなところに行くのは大事よね、と頷きつつ、日和はコーヒーを飲み干した。

第三話

午前九時、日和はまたしても車のハンドルに顔を伏せていた。

ただ、昨日とは異なり原爆被害のすさまじさに打ちひしがれているわけではない。単に、自分の運転技術の未熟さを嘆いているだけだ。

確かに、蓮斗には長崎市内では運転に気をつけるように言われた。路面電車が走っているから、

長崎

というのがその理由だったが、ここまで大変だとは思わなかった。

行く手から路面電車が来るたびに悲鳴を上げそうになる。実際に、一度か二度は声が出たし、目はまん丸になりっぱなし。路面電車が止まっていれば、陰から人が出てこないかドキドキするし、路面電車の軌道に入ってはいけないと思うあまり、右折すら尻込《しりご》みしてしまう。曲がらなければならない交差点にさしかかっても、軌道を横切るのが恐くなる。こんなの踏切と同じ、さっと横切ればいいだけじゃない、と自分に言い聞かせても、やっぱり恐い。向こうから路面電車がやってきたらお手上げだ。信号で向こうが止まるとわかっていても、アクセルを踏む足に力が入らず、後続車に迷惑をかける。

曲がるべき交差点で曲がれず、何度もリルートしながら、ようやく駐車場に到着したのがおよそ五分前。安堵のあまりハンドルに顔を伏せ、そのまま動けなくなっていたのだ。

それでもいつまでもこうしているわけにはいかない。せっかく来たのだから見学せねば、と車から降りる。本日最初の目的地は『グラバー園』、そのあと『大浦天主堂』やオランダ坂に行く予定にしている。

どれも駐車場から歩いて行ける範囲でよかった。もうしばらく運転はしたくない。運転中の路面電車との共存は日和には無理そうだった。

ペーパードライバーだったころ、車という鉄の塊を自分の意思で動かすことが恐かった。一歩間違えれば事故になる。誰か、もしくはなにかを傷つけることもあるし、最悪の場合、人の命を奪いかねない。車、電車、飛行機を問わず、誰かが運転してくれる限り、自分が加害者になる

第三話

ことはないと思っていた。

じゃあなぜ免許なんて取ったんだと言われたら、周りの風潮と両親のすすめだろうか。

就職活動をするにあたって、大した特技もなかった日和にとって、運転免許というのは唯一履歴書に書けそうな資格で、空欄よりはマシだろうと考えて教習所に通った。

旅がきっかけでペーパードライバーを卒業したとき、運転免許を取得しておいてよかったと思ったけれど、すべての恐怖が失われたわけではない。知らない土地、特に大きな街での運転はやはり恐い。人や車が溢れているだけでも消耗するのに、路面電車なんてとんでもない。今後、路面電車が走っている街では運転せずに済むようにしっかり計画を立てようと心に誓う日和だった。

——こんなに恐い思いをしてまで辿り着いたんだから、しっかり見なくちゃ！

歩いている限り大丈夫、と自分に言い聞かせて、『グラバー園』の入り口を目指す。長崎市街を訪れる修学旅行生は多そうだと思ったけれど、意外に制服姿は見かけない。代わりにいるのは学校行事に参加中ではなく、家族や友だち同士で歩いている子どもたちだ。

どの子も心底楽しそうだし、ここに来たいから来たという顔をしている。同じものを見るのでも、学校行事の一環としてではなく自らの意思でというのはやはり大切なのだろう。

大人も子どもも楽しそうな日曜日でよかった、となんだか偉そうな思いを抱きつつ、ゆるい坂道を上がって入場券購入。無事に『グラバー園』の中に入ることができた。

『グラバー園』は、トーマス・ブレイク・グラバーの旧邸宅をはじめ、幕末・明治期に建てられた九棟の洋館や美しい庭園を含む野外博物館で、世界遺産にも指定されている。

垂涎のレモンステーキ
長崎

トーマス・ブレイク・グラバーはスコットランド出身の商人で一八五九年に来日した。貿易会社であるグラバー商会を設立し、お茶や生糸の輸出を手がけただけではなく、蒸気機関を導入した近代的な修船場の建設や洋式炭鉱の開鉱、留学生の支援等々、幕末から明治にかけての日本の近代化に大いに貢献した人物だそうだ。

入場券売場でもらったパンフレットを開くと、園内案内図が載っていた。旧三菱第二ドックハウスから始まり、旧長崎高商表門衛所、旧長崎地方裁判所長官舎、と続いていく。ちょっとしたテーマパークの案内図のようで、なんだか見覚えがある。『グラバー園』の案内図は事前に調べていないのに、と首を傾げたところで気がついた。以前訪れた和歌山の『アドベンチャーワールド』に似ているのだ。

スマホで『アドベンチャーワールド』のパークマップを調べてみると、庭園部を表す緑色が大部分を占めているところも、全体の形状もなんとなく似ている。『グラバー園』と『アドベンチャーワールド』はまったく違う施設にもかかわらず、既視感を覚えたのはそのせいに違いない。

――なんかおもしろい……。でも、そんな呑気《のんき》なことを言ってる場合じゃないかも……

『グラバー園』のパンフレットとスマホの画面を見比べる。縮尺がどうなっているかまではわからないし、おそらく『アドベンチャーワールド』のほうが広いとは思う。それでも、面積的には半分、いや三分の一程度しかないサファリワールド部分ですら、一回りするのに二十分ぐらいかかった。しかも徒歩ではなくケニア号――列車型の車に乗ってである。

もしかしたら、この『グラバー園』も相当な広さなのではないか。そういえばガイドブックには、

第三話

『グラバー園』から長崎市街を見下ろせると書いてあった。『見下ろせる』というからには、それなりに高いところにあるのだろう。なにせ長崎は坂が多い町だ。函館もそうだったが、美しい夜景の条件には土地の高低差が含まれるに違いない。

　水平だけではなく上下移動もあり？　山の中のお城や神社なみの登り道が続くの？　と心配し始めたとき、目の前に『動く歩道』の乗り口が現れた。『動く歩道』はいわゆるエスカレーターで、上り限定だが、どうやらこれでかなり上のほうまで行けるらしい。

　上がるのと下りるのでは下りるほうが足腰への負担が大きいそうだが、心理的には下りるほうが楽だ。それに、上がるのが大変だから『グラバー園』はパス、と言い出す人がいるかもしれない。いったん上がってしまったら下りるしかないのだから、上りと下りの両方を設置できないのであれば、上りを選ぶのが正解だろう。

　文明の利器よありがとう、と感謝しながら『動く歩道』に乗って上がっていく。ところが、ありがたがって乗ったにもかかわらず、途中でちょっと残念な気持ちになってきた。

長崎には『グラバースカイロード』というすごいエレベーターがあることを思い出したからだ。『グラバースカイロード』は坂が多い長崎に暮らす人、とりわけお年寄りや身体の不自由な人の移動を助けるために設置された。エスカレーターなんて気軽に呼ぶのが憚《はばか》られるほど長く、日本で初めて『ロード』つまり道路と位置づけられたという。おまけに住民どころか観光客まで無料で使えるそうだ。

　実は、今回日和もこの『グラバースカイロード』を使って『グラバー園』に入るつもりだった。

垂涎のレモンステーキ

長崎

ところが路面電車との共存に失敗してリルートを重ねまくった挙げ句、当初予定していた駐車場を断念し、たまたま目に付いた市営駐車場に車を止めたのである。

日和が止めた駐車場は『グラバー園』の第一ゲートの近くで、『グラバースカイロード』は第二ゲート方面にある。駐車した時点で気力が失せきっていた日和は、歩いて移動するのも億劫でそのまま第一ゲートから入場して今に至る。

エスカレーターに乗ったことで、やはり『グラバースカイロード』に乗ってみればよかった、という思いが込み上げてきたのだ。

——エレベーターが道路になるなんて相当珍しい。日本で初めてといっても、そのあと十も二十もできてるはずがないよね……

そんなにたくさんあるのなら、どこかで話を聞いたはずだ。それがないということは、いまでもかなりレアな存在に違いない。

帰りは『グラバースカイロード』がある第二ゲートから出て、ぐるりと回って駐車場に戻ろうか、とも思ったが、あとの予定を考えたらそれも難しそうだ。

『グラバースカイロード』は諦《あきら》めるしかない。またいつか来ることがあったら必ず乗ろう、と自分に言い聞かせ、『動く歩道』から下りる。少し先にまた『動く歩道』の乗り口があったので、迷わず乗り込む。長くても短くても、移動を助けてくれたのは間違いない。ありがとう『動く歩道』だった。

ところが二本目の『動く歩道』から下りたところで案内図を確かめた日和は、思わず呻《うな》ってしまった。『グラバー園』の目玉的位置づけとなっている『旧グラバー住宅』を見ずに上まで来たことに気付いたからだ。

『旧グラバー住宅』は第一ゲートから入ってすぐのところにあるのに、反射的に『動く歩道』に乗った上に、移動中も『グラバースカイロード』に思いを馳《は》せていた。さらに、一本目の『動く歩道』から下りたところで気付けば、喫茶室の裏から回って引き返せたはずなのに、なにも考えずに二本目に乗ってしまった結果、最大の見所を通過することになってしまったのだ。

――仕方ない……もう上まで来ちゃったんだから『旧グラバー住宅』は最後にしよう。どうせ第一ゲートから出るんだから、遠回りになんかならない。最初に見ても最後に見ても同じこと。むしろ最後に見たほうが『真打ち登場』って感じになるわ！

建物に真打ちもへったくれもあるものか、と思いながらも、『旧三菱第二ドックハウス』、『旧リンガー住宅』と見て歩く。

洋館だけあって、屋根も壁も日本古来の家とは全然違う。今でこそ、こういったお洒落《しゃれ》な造りの家も増えたけれど、この洋館が建てられた当時としてはかなり異色だったはずだ。

この近所に住んでいる人たちは、どんなふうに思ったのだろう。文化の違いをまざまざと見せつけられ、眉を顰《ひそ》めただろうか。それとも、憧《あこが》れのため息を漏らしただろうか……

長崎は、昔から外国文化が流れ込む窓口のような町だったから、案外『またか』なんて平然としていたのかもしれない。

当時の長崎の暮らしを想像しながら、『旧オルト住宅』、『旧スチイル記念学校』、『旧長崎地方裁判所長官舎』と回る。あいにく『旧オルト住宅』と『旧長崎地方裁判所長官舎』は保存修理工事の最中で見ることはできなかった。

特に残念だったのは『旧長崎地方裁判所長官舎』だ。ここは別名『レトロ写真館』と呼ばれていて、普段ならドレスを借りて写真を撮ることもできるらしい。日和は写真を撮りたいとは思わないけれど、四十種類用意されているというクラシックなドレスを見てみたい気持ちはあるし、コスプレ好きな人なら大喜びするかもしれない。

それでも古い建物である以上、保存修理は必要だ。タイミングが悪かったな、と諦めて先に進む。最後に『旧グラバー住宅』に入って、来客時に振る舞われた当時のメニューが再現されたテーブルや温室、旅行用のトランクなどを眺める。

説明によると、グラバー氏はずいぶん花好きだったらしい。道理で温室を備えているし、庭にも花が溢れているはずだ。おかげで私たちも美しい庭を見ることができる。『芸は身を助ける』というけれど、たとえ身を助けなくても、自分だけではなく、周りや後々の人まで楽しませるならそれだけで十分だ。素敵な趣味を持っていてくれてありがとう、と感謝したのを最後に、日和は『グラバー園』の見学を終えた。

そのあと『大浦天主堂』に行ったけれど、外から眺めただけで中には入らなかった。

もともと入るつもりがなかったわけではないし、口コミに高いと書かれていた入館料にしても、保存費用が大変なんだろうな、と思って覚悟はしていた。けれど、いざ前に立ってみるとなんだか足が進まず、写真を一枚だけ撮ってあとにした。

第三話

悲しい歴史があり、心霊スポットとしても知る人ぞ知る場所だそうだけれど、日和にそんなものを察知する能力があるわけがない。おそらく『グラバー園』を歩き回って疲れていたのだろう。

とりあえず、お土産を買おうと『グラバー通り』に向かう。

長崎のお土産と言えばカステラだ。蓮斗の希望でもあるし、ここなら買えるだろうと思って歩き始めたのだが、予想以上にカステラのお店がありすぎて、買う店を決められない。

蓮斗は『ザラメいっぱいのやつ』と言っていたけれど、見る限りザラメはどの店のカステラにも付いていて、むしろ付いていないものを探すほうが大変だ。どこの店のカステラがいいのか、訊いておけばよかったと思っても後の祭りだ。

いつもならメッセージでも送って訊《たず》ねるところだけれど、さすがに今日はためらわれる。

蓮斗のことだからメッセージには直ちに返信してくれるはずだが、せっかくご両親と過ごしているのに水を差すのは申し訳ない。

やむなくネットで評判がいいものを検索する。それでも絞りきれず、二種類を家の分と合わせて四本も買うことになってしまった。それどころか、うっかり見つけた『切り落とし』の文字に引き寄せられ、また違う店に入る。

日和はとにかく『切り落とし』とか『こわれ』『久助』といった言葉に弱い。これらはいずれも等外品を表す。端っこ、もしくは少し欠けたり割れたりしているだけで、味はそれほど変わらないのに、正規の価格では売れない。すなわち、ものすごくお得、ということで、見かけるとつい買ってしまう。日和の母も同じだから、これは遺伝あるいは『育てたように子は育つ』の典型だろう。

エコバッグがずしりと重い。四本の箱入りのカステラと、切り落としが三袋も入っているのだから当然だ。それでもなんとか『オランダ坂』だけは見に行って、『なるほど』と頷いてさっさと引き返す。

なにが『なるほど』なんだ、と叱られそうだが、坂は坂だ。日和の場合、こういった坂の行く手にはお城があるというイメージを持っているが、ここでは生活の地だ。『グラバー園』でも思ったけれど、こんな坂を上ったり下りたりしながら暮らすのはさぞや大変なことだろう。美しい夜景も、風情のある町並みも、生活する者にとってはごく当たり前で、大きな意味など持たないのかもしれない。それならば足腰に負担がかかる坂はないほうがいいような気がする。もちろん、『巨大すぎるお世話』に違いないけれど……

坂道が一般市民にもたらす弊害などをつらつら考えながら来た道を引き返す。

『グラバー園』には行ったし、建物だけとは言っても『大浦天主堂』も見て、カステラも十分すぎるほど買った。『オランダ坂』も『踏んだ』。ここにきて、いつもの『来た、見た、帰る』が発動されてしまったが、『グラバー園』は堪能したのだから十分だ。

荷物も重いし、とにかくいったん置きに行こう、と日和は車に戻った。

幸い立体とはいえ、自走式の駐車場だったので車への出入りは自由にできた。重いエコバッグを後部座席に載せ、とりあえず運転席に座る。周りの目を気にせず休憩できるのも、車移動の利点のひとつだ。

第三話

助手席に放り出してあったガイドブックを開いて、今後の予定を考える。

長崎で興味を覚えたのにまだ行っていない場所としては『出島《でじま》』がある。現在時刻は十時三十五分、ナビアプリで調べてみると『出島』はここから歩いて十分少々だから、『出島』に行ったあと『新地中華街《しんち》』でランチにすればちょうどいいかもしれない。

ところが、下手に座ってしまったせいか、なんとなく動く気がしない。それどころか『歩いて十分かあ……』なんて思ってしまう。普段なら平気で歩く距離なのにどうしたことだろうと首を傾げたけれど、やっぱり車から降りる気になれない。

いっそ『出島』まで車で行ってしまおう、とエンジン始動キーに手を伸ばすも、キーに届く前にはっとしてナビを確かめ直す。案内によると、ここから出島に向かうには、いったん大通りに出る必要があった。つまり、また路面電車に怯えつつ運転しなければならない、ということだ。

無理とまでは言わないけれど、できれば勘弁してほしい。ほかに面白そうなところはないか、とガイドブックを捲《めく》った日和は、素晴らしい目的地を見つけた。

素晴らしすぎて、ちょっとぐらいなら路面電車が走る道を通ったって平気だと思えるほどだ。それなら『出島』にも行けるだろうと苦笑しつつ、エンジンをかける。目指すは佐世保、名物『レモンステーキ』の生みの親と言われる老舗レストランだった。

『レモンステーキ』は、アメリカ海軍の影響で流行したステーキを、日本人の口にあうようにアレンジして生まれた佐世保発祥のグルメだそうだ。食べやすいように薄切りにして鉄板で焼いた肉に、レモン風味の醤油ダレをかけて仕上げ、甘辛くて爽《さわ》やかな味わいが人気だという。

垂涎のレモンステーキ
長崎

長崎市内にも食べられる店はあるようだが、どうせなら佐世保で食べたい。長崎から佐世保までは車で一時間ぐらいかかるけれど、今すぐ出発すればお昼までに着けるはずだ。『餅《もち》は餅屋』と言うけれど、佐世保名物は佐世保で食べるに限る。いざ佐世保！ とばかりに駐車場から出て『ながさき出島道路』経由で『九州横断自動車道』に入る。

途中で『出島』や『新地中華街』という案内が目に入ってきた。なんのことはない。これなら車で『出島』に行こうとしたところで無事に辿《たど》り着けたはず、と考えかけて思わず笑う。あくまでもこれは食欲に苛まれて勇気を振り絞った結果だ。あの美味しそうな『レモンステーキ』の写真を見なければ、運転する気になれなかった。運転席にもたれかかったまま、今なお休憩を続けていたに違いない。

自分の原動力が食欲であることを再認識しつつ運転を続け、およそ一時間後、日和は目的の老舗レストランに到着した。高速道路から下りて間もなく、駅前でも繁華街でもない、失礼を承知で言えば、田舎道の途中で、忽然《こつぜん》と店が現れた印象だった。

——ここ、車じゃないと来られないよね。バス停があったから、バスを乗り継げば絶対無理ってわけじゃないけど、かなり難しい。よかったー車を借りてて！

ひとり旅を始めてから、車の自由度を何度も痛感させられた。運転は大変だし、気軽にお酒の試飲もできない上に、路面電車なんて思わぬ伏兵もいるけれど、やっぱり便利に違いない。このレストランに来られたのは車を借りていたから。そもそもあの駐車場で休憩がてらガイドブックを開かなければ、この店を見つけることはなかっただろう。

第三話

時刻は午前十一時三十分。まだお昼にもなっていないのに、店の前の駐車場はほぼいっぱいになっている。一台だけ空いていたスペースに車を止め、急ぎ足で歩いて行くと、入り口の前にはすでに行列ができていた。

とはいっても、待っているのは日和も含めて五人だし、口コミには店が広い上に客の回転が速いと書かれていたので、それほど時間はかからないはずだ。

青字に白で店名が書かれた看板を見上げたり、同じく青を基調にしたメニューを眺めたりしているうちに、先客がどんどん案内されていく。もちろん同じ数だけ出ていく人もいるわけだが、この店の開店は午前十一時のはずだ。三十分と少しで入れ替わるなんて、みんなそんなに食べるのが速いのか、と感心していると日和の番が回ってきた。

案内されたのは四人席で、さっき見た『旧グラバー住宅』に置かれていても違和感がないようなレトロなテーブルと椅子が使われている。青いメニューが深赤色のテーブルクロスによく映える。メニューの文字は白なので、フランスの国旗みたいだな、と思っていると、男性従業員が水を運んできてくれた。

すかさず注文を告げる。日和が頼んだのは、『レモンステーキ』にライスとスープ、サラダもついた『レモンステーキセット』だった。

水を一口飲み、やれやれと店内を見回す。もちろん満席で、ちらほらハンバーグやビーフシチューを食べている人もいるようだが、『レモンステーキ』が圧倒的多数。やはりここは『レモンステーキ』を食べに来る店のようだ。

垂涎のレモンステーキ

長崎

そうこうしているうちに、鉄板を持った男性従業員が歩いてきた。ついさっき注文したばかりだから、隣のテーブルだろうと思っていたのに、鉄板は日和の目の前に置かれた。

もう来たの⁉　と目を見張っていると、男性従業員が早口に言う。

「すぐにお肉をひっくり返してくださいね！」

え、ひっくり返すの？　セルフで？　と戸惑いつつも、大急ぎでお肉をひっくり返す。鉄板にはたっぷり流し込まれたタレがグツグツ沸いている。運ばれてきたときはまだ赤かった肉の表面が、ひっくり返してタレに触れたとたんに色を変えた。

——うわあっ、たまらない！　めちゃくちゃ美味しそう！　それにお箸も嬉しい！

老舗レストランでレトロなテーブルセット、タレが沸き立つ鉄板、ご飯だって平皿で供されたというのに、添えられているのはナイフとフォークではなく割り箸である。

ステーキとはいえ、肉はそれほど厚くないし切る必要がない大きさだから、お箸のほうが断然食べやすい。さらに秀逸なのは、メニューの記載内容だった。

——すごーい。メニューにお肉をご飯にのっけて食べろって書いてある！　しかも、ご飯が残ったら鉄板に入れてタレと混ぜて食べろって！

焼き肉をご飯にのせて食べるのはとても美味しい。家では当たり前の食べ方だが、お店ではためらうことが多い。行儀が悪いかも、とか、ご飯がタレで汚れるのは……とか思って、それでもお肉とご飯のコラボの魅力にあらがえなくてこっそりのせては大急ぎで掻き込む。残った焼き肉のタレをご飯に回しかけたらどんなに美味しいだろう、と思いつつも、恥ずかしくてできなくてため息を

第三話

吐く。

だが、この店ではそんなため息は一切吐かなくていい。なにせ、こうやって食べなさい、とメニューにでかでかと書かれているのだから……

神だ、神！　と感動しながら最初の一切れをご飯にのせる。箸でくるりと巻いて口に運び、肉とタレの熱さに舌を焼かれそうになりながら、モグモグと咀嚼《そしゃく》。甘塩っぱい醤油ダレとレモンの爽やかさが口の中いっぱいに広がる。お肉は柔らかいし、と思いつつ呑み下し、また一切れご飯にのっけて食べる。合間に生野菜のサラダを食べて口の中をさっぱりさせてもう一切れ……鉄板の上のお肉はあっという間になくなってしまった。

お箸をスプーンに持ち替えて、お皿に三分の一ほど残ったご飯を鉄板に移し、ぐいぐいとかきまぜる。ご飯はたっぷりのタレを吸ってもびくともしない。お肉と一緒に食べても硬いとは感じなかったのに、なんて頼もしいお米だろう。

肉をすごいスピードで食べ終わったせいか、鉄板はまだ熱を持っている。タレを絡めた後もご飯が冷めることはなかったし、最後のほうはちょっと炒飯《チャーハン》みたいになった。大急ぎで肉を平らげていたら、もっと鉄板に熱が残ってご飯に焦げ目が付いたりしたんだろうか、とは思ったけれど、せっかくの美味しい肉をそんなに急いで食べたくない。炒飯『みたい』で十分だった。

『レモンステーキ』もサラダもご飯も最高。スープすら、子どものころに給食に出てきたものみたいで懐かしい。長崎から一時間もかかったけれど、思いきって来てよかった。

そんなことを考えていると、少し年配の男性従業員と目が合った。

垂涎のレモンステーキ
長崎

日和の感動が目に表れていたのだろう。男性従業員はにっこり笑うと、日和のテーブルまで声をかけに来てくれた。

「お楽しみいただけましたか？」

「はい。とっても美味しかったです」

「それはよかった。今日はどちらから？」

「え？　あ、東京です」

「東京！　遠いところをありがとうございます。佐世保にお泊まりですか？」

「いえ、昨日は長崎に泊まって、このあと福岡に……」

「そうですか。では、お気を付けて」

それを最後に、男性従業員は去っていき、また別の客に声をかける。どうやらその男性従業員は、挨拶回りをしているようだ。すべての客に声をかけるなんて大変そうだけれど、客に確実に店の印象を残すことはできる。

入店から退店まで三十分足らず、ちょっと猫舌気味の日和ですらこのスピードなのだから、一般的な男性ならもっと速いかもしれない。提供も驚くほどスムーズだったし、回転が速いのも頷ける。なにせ、周り中が『レモンステーキ』を注文していた。醤油ダレの香りに鼻をクンクンさせながら待つ時間は短ければ短いほどいい。

老舗レストランだけあって、営業努力もすごいんだな、という感心とともに、日和は百点満点の昼ご飯を終えた。

第三話

午後一時半、日和は長崎駅前にあるレンタカーショップに到着した。途中で事故渋滞に巻き込まれたけれど、昼ご飯を早々に食べ終わったおかげで時間に余裕があったのは幸いだった。

いつもなら到着した空港で車を借り、帰る前に空港で返す。往復ともに同じ空港を利用する場合はもちろん、宮崎や鹿児島を訪れたときのように到着と出発で別々の空港を使うときでも、原則的に車を返すのは空港だった。

けれど、今回に限っては空港で借りて駅で返す。なぜなら、このあと日和は博多に向かうからだ。長崎から博多は西九州新幹線を使えばおよそ一時間半、午後二時半過ぎに出発すれば、午後四時過ぎには博多に着ける。

蓮斗のご両親は午後三時過ぎの飛行機で東京に帰るという。蓮斗はご両親を福岡空港まで送ったあと、博多駅まで日和を迎えに来てくれるそうだ。

スケジュール的に厳しくはないかと一瞬心配になったが、よく考えたら福岡空港から博多駅は電車で二駅、六分で移動できる。ご両親が乗った飛行機が離陸するのを見送ったとしても、日和の到着より早く博多駅に着くことができる。さすがは『日本一便利な空港』と呼ばれるだけのことはあった。

――レンタカー返却完了。そうだ、お土産を探さなきゃ！

レンタカーショップを出た日和は、そこに立ったままスマホを取り出す。

カステラは買ったけれど、それだけではつまらない。なにかもうひとつぐらい、長崎でなければ買えないようなお土産を持っていきたい。蓮斗が知らないものならなおさらいい、と調べた結果、見つけたのが、スポンジにカスタードクリームを挟み、シロップ漬けの果物とホイップクリームで飾ったシンプルなケーキだった。

長崎市内の老舗菓子店が昭和初期に初めて作った長崎だけのオリジナルケーキだそうで、口溶けのいいスポンジとコクのあるカスタードクリーム、微かに酸味のあるシロップ漬けの果物のバランスが絶妙らしい。冷凍したものも用意されているらしいから、お土産にちょうどいい。

続けて検索してみると、このケーキを売っている店は長崎市内に点在しているが、駅から歩いて十分のところにもあるようだ。往復で二十分、買い物をする時間まで入れても新幹線の発車には余裕で間に合う。

日和が帰宅するのは明日の夜になるから、このケーキを持って帰ることはできない。両親も喜びそうなケーキなだけに、とても残念だけど仕方がない。新幹線の発車までに時間が残りそうだから、駅で別のお土産を探してみよう。

——お酒にしようかな。日本酒……それとも、近ごろお母さんが焼酎に嵌《は》まってるから、焼酎？もうすでにカステラが重いし、ケーキだって保冷剤を入れてもらえばけっこう重い。そのうえお酒までは辛いけど、どうせ半分は蓮斗さんに渡しちゃうし……

ケーキの代わりにお酒を両親のお土産に、と考えたくせに、いざお酒を前にしたら蓮斗の分まで買ってしまいそうだ。

なんとかして蓮斗に喜んでほしい。喜ぶ彼の顔が見たい。喜んでいようが仏頂面であろうが、とにかく会いたい。できればお土産よりも、自分と会えたことを喜んでほしい。そんな欲張りな気持ちに半ば呆れつつ歩き始める。

博多に着くまであと三時間あまり。スマホ越しではない彼の姿を見るのが、日和は待ちきれなかった。

第三話

第四話　鳥取

——モサエビと活イカ姿造り

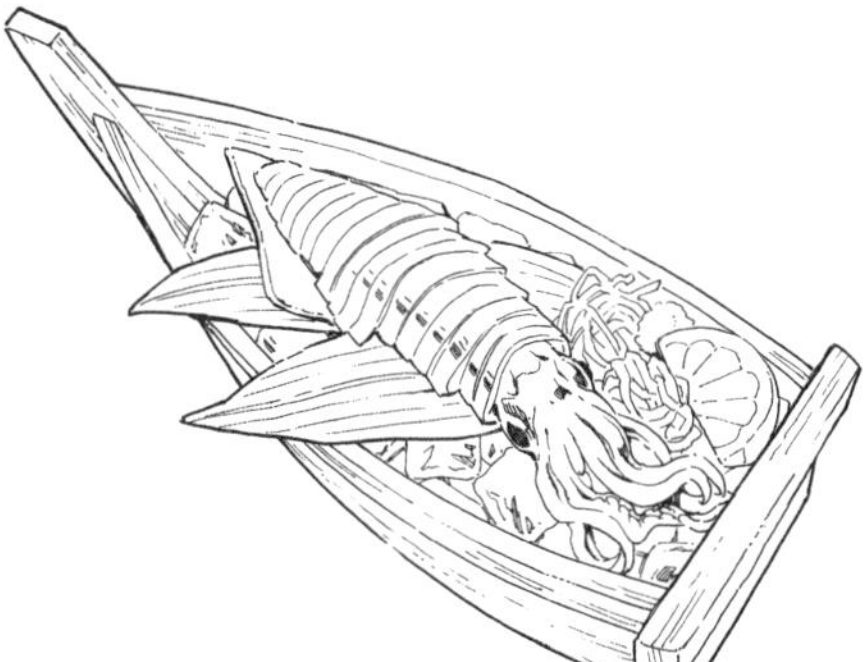

第四話

「梶倉さん、今、ちょっといいかな？」

日和が、総務課長の斎木《さいき》に声をかけられたのは、三月の第一月曜日の午後四時過ぎのことだった。

『いいかな？』とは言ったものの、斎木はいつも、日和がどんな仕事をしているかをちゃんと把握している。おそらく日和に作成させていた資料のデータが自分のアドレスに届いたのを確認して声をかけてきたに違いない。

「はい。なにかありましたか？」

「来週、見本市があるんだけど、それに行ってもらいたい」

「見本市……私がですか？」

見本市は各メーカーが『小宮山商店株式会社』のように事務機器の販売を手がける会社向けに、発売されたばかり、もしくは発売間近な製品を紹介するために催すイベントで、もっぱら営業や企画担当者が参加している。

日和は『小宮山商店株式会社』に入社してから七年、四月が来れば八年目に突入するが、その間、ずっと総務課所属で、経理を中心に事務仕事ばかりしてきた。日和にとって『見本市』というのは、宿泊や交通手段を手配するものであって、自分が行くものではない。これまでも行けと言われたことはなかったし、今後もないと思っていたのだ。

日和の戸惑いがわかっていたのか、斎木は少し申し訳なさそうに言う。

「すまない。営業部になんとか助けてくれないか、って頼まれちゃってさ」

「助ける？　なにかあったんですか？」

「うん。本当は大越《おおこし》くんが行く予定だったんだけど、怪我をしちゃっただろ？」

「大越さん……そういえば、左手を骨折してましたね。スキーで転んだとか……」

「そうなんだ。右じゃなかったのは不幸中の幸いだけど、ギプスをはめているのに出張させるのは気の毒だし、アシスタントとして物理的に使えない」

ここで『物理的』という言葉を入れたのは、斎木の心配りだろう。ただ『使えない』では大越の能力を全否定することになりかねない。大越は入社二年目で意欲も旺盛《おうせい》だし、営業センスもあると評判の社員だ。左手を骨折していて動かせないのなら、確かに『物理的に使えない』にすぎなかった。

ただ、日和が気になったのは『アシスタント』という言葉そのものだ。見本市は各社のブースを回って製品を見たり、説明を聞いたりするものだ。アシスタントが必要と言われると首を傾げてしまう。

とはいえ、入社二年目の若手社員がひとりで見本市に行っても、物見遊山に終わりかねない。『アシスタント』という位置づけで、先輩社員に同行させることにしたのかもしれない。

ところが、斎木によると今回の見本市はこれまでとは異なり、本当の意味での『アシスタント』が必要だそうだ。

第四話

「実は、今回の見本市は『見に行く』んじゃなくて『見せる』ほうなんだ」

そんな言葉で始まった説明は、なるほど……と頷《うなず》かざるを得ないものだった。

これまで『小宮山商店株式会社』は販売会社だった。他社製品を仕入れて売るばかりで、自社開発商品がひとつもなかったのだ。ところが、三年ほど前から業務多角化ということで、製作も手がけることになった。さすがに電子機器類までは無理にしても、『小宮山商店株式会社』ブランドの文房具や、折り畳み式の机と椅子のセットなどの開発が始まり、今年に入ってようやくいくつかの製品が完成した。今回の見本市はそのお披露目だというのだ。

「そういうことで説明役のほかに、パンフレットを配ったり、アンケートを採ったりっていう細々とした作業をするアシスタントが必要なんだよ」

「そういうことですか……」

喉元《のどもと》まで出かかった『それ、私にできますか？』という言葉をごくんと呑《の》み下す。

入社当時、いや四年前までの日和なら『私にできますか？』どころか、『できそうにありません』とか『無理です』と言って逃げ出しただろう。けれど、今の日和はそんなことはしない。

ひとり旅を始めてから四年、なにもかもひとりでこなさなければならない旅の経験は、人見知りの克服だけではなく、あらゆる意味で日和を成長させてくれた。それが仕事だと言われれば、見本市でもどこでも行く。なにも自分が中心となって製品の説明をするわけではない。単なるアシスタントなら二の足を踏む理由はない。

なにより、日和に声をかけた以上、斎木は日和がその役目を果たせると判断したということだ。

モサエビと活イカ姿造り

鳥取

彼の期待を裏切るなんてもってのほかだった。

ところが、では行きます、と答えようとしたとき、後ろから声がした。

「いやいや、斎木課長。梶倉くんには無理ですよ。アシスタントなら霧島《きりしま》くんに行ってもらったらどうですか？」

声の主は総務課係長の仙川《せんかわ》だった。

仙川は、日和が入社して以来の直属上司で、はっきり言ってあまり人望がない。これは日和だけではなく、麗佳も同じ判断だ。それどころか、麗佳は『あまり』という言葉の代わりに『仕事ができないうえに』とつける。つまり『仕事ができないうえに人望がない』というのが、麗佳の仙川評だ。

麗佳は、日和が彼に怒られてばかりだったことを知っている。入社したばかりのころなんて失敗するのは当たり前なのに、指導して育てるどころか、貶《けな》して馬鹿にするばかりだった彼を間近で見ていたから、そう思うのは当たり前だと彼女は言うけれど、日和はやはり自分が悪かったのだと思う。

たとえ仙川であっても、なにも失敗していない人間を怒ったりしない。現に、日和の一年後に入社した霧島結菜《ゆうな》はほとんど怒られないし、嫌みも言われない。

結菜は容姿もかわいらしく、性格も素直で『総務課のアイドル』と言われるほど。もちろん仕事を覚えるのもとても早かった。結菜が入社してきたころの日和は怒られっぱなし、仙川には面と向かってどちらが新人かわからないとまで言われた。そのころから仙川は結菜に目をかけていて、任される仕事の内容だけで判断すれば、結菜のほうが先輩に見える。

それでも、当時に比べたらかなり頑張って仕事もこなせるようになってきたと思っていただけに、『梶倉くんには無理』とか『霧島くんに行ってもらったら?』と言われると落ち込まざるを得ない。

せめてもの救いは、仙川の言葉が終わるか終わらないかのうちに、隣から聞こえてきた麗佳の舌打ちだった。さらに『ほんと、相変わらず……』という囁《ささや》きまで聞こえてくる。そして麗佳は、軽く息を吸い込み、口を開きかけた。日和のために反論しようとしてくれているに違いない。

だが、麗佳にとっても仙川は上司である。さすがに……と思ったとき、斎木が総務課内をぐるりと見回した。オフィスに結菜の姿がないことを確認した上で、仙川に訊《たず》ねる。

「梶倉さんじゃなくて、霧島さんを薦める理由は?」

「理由? そりゃあ霧島くんは美人だし、ブースに立ってるだけで人が寄ってきます」

「なるほど……うん、わかった」

「やっぱり課長もそう思われますよね?」

少し意外そうに、それでもやっぱり嬉《うれ》しそうに仙川が言う。斎木が同意してくれたと思ったのだろう。だが、返事はかなり厳しいものだった。

「仙川係長、それはセクハラ発言だ」

「セ、セクハラ!? どこが?」

「美人って言ったじゃないか」

「褒め言葉ですよ!」

モサエビと活イカ姿造り

鳥取

「褒めようが貶そうが、容姿に触れたらセクハラだよ。しかも部下同士を外見で比べるなんて論外だ」

「いや、でも！」

「でももへったくれもない。ほかの部署にも仙川係長の発言を問題視している人がいる。セクハラだけじゃなくてモラハラもね。いい加減に態度を改めないと、会社としても黙っていられなくなる」

「黙っていられなくなるって……？」

「それなりの……」

「それについては、私から話そうか」

後ろから聞こえたのは、社長の小宮山の声だった。

彼は昼過ぎから外出していたが、帰ってきたところで総務課内の会話を耳にして、なおざりにできないと入ってきたに違いない。

「ここじゃなんだから、場所を移そうか」

「はい……」

そのまま小宮山は、仙川を連れて社長室に向かう。あからさまに失せた顔色が、気の毒に思えた。

「えっと……大丈夫でしょうか……」

「大丈夫？　ああ、仙川係長のこと？」

「はい。社長、かなり厳しい顔をしていらっしゃいましたし」

「それとなく指導はしてたんだけど、全然伝わらなくてね。社長ともそろそろ限界だって話してたところだったんだ。自分の好き嫌いで部下への態度を変えるなんてあり得ないよ」

「処分されるんでしょうか……もしかしてクビとか？」

「いきなりそれはないとは思う。とりあえず社長からしっかり話をしてもらって、意識改革に努めてもらう。それでも駄目なら降格、減給を伴う異動、って感じかな。そもそも、もう何年も昇格していないんだから、自分に問題があることに気付いてほしかったよ」

「そうですね……でも、異動となるとそれはそれで大変ですね」

「本人よりも総務課がね。でも、なんとかなるよ。それより見本市の話だけど」

そこで斎木は話を戻し、改めて日和に見本市への参加を促した。

「行ってもらうってことで大丈夫？」

「もちろんです」

「よかった。日程は三月八日の午前十時から午後五時まで。朝一番で会場入りしなきゃならないから、前乗りしていいよ」

『前乗り』と聞いて、日和は目を丸くした。見本市はてっきり都内、もしくは首都圏近郊でおこなわれるとばかり思っていたのだ。

「前乗りって、そんなに遠いんですか？」

「え、知らなかった？　飛行機とか宿泊の手配をしてもらったはず……そうか、間宮さんに頼んだんだった」

そう言うと、斎木は麗佳を見た。

モサエビと活イカ姿造り

鳥取

「三月八日……あ、もしかして鳥取ですか⁉」

「鳥取⁉」

思わず声が裏返った。

『前乗り』以上に驚いたのは、つい先日、日和のお気に入りの動画配信者が鳥取を訪れる動画を見たばかりで、いつか行ってみたいと思っていた。出張とはいえ、こんなに早くその機会が訪れるなんて夢にも思わなかったのだ。

自分のパソコンで旅行手配サイトを確認した麗佳が言う。

「ホテルは三月七、八日の二泊で押さえてあります」

「え、八日も泊まるんですか？」

「そうよ。だって見本市は午後五時までだし、後片付けだってしなきゃならないでしょ？　鳥取から羽田に向かう飛行機の最終便は、午後六時半発だから間に合わないのよ。だからその日も泊まって翌日の飛行機で帰ってくる感じね」

なるほど、と頷く日和に、斎木はさらに夢のようなことを言う。

「翌日は土曜日だから、夜まで観光してくればいいよ。なんなら土曜も泊まってもいいし」

「土曜日も、ですか？」

「さすがに土曜日のホテル代までは出してあげられないけど、帰りの飛行機分は経費でいいよ」

「え、そんなことして大丈夫ですか？」

「搭乗日をずらすだけで、余分にかかるわけじゃないし」

第四話

「そうそう。ピンチヒッターなんだからそれぐらいの融通は利かせてもらわないと。梶倉さん、鳥取に行ったことってあったっけ？」

「ありません」

「じゃあ、なおさら行ってくればいいわよ。三月ならそれほど寒くもないし」

「もちろん、暑くもない。夏の盛りにあそこに行くのは本当におすすめできない」

「確かに。寒さより暑さのほうが問題でした」

斎木の言葉に、麗佳が大きく頷く。どうやらふたりとも夏の『鳥取砂丘』で苦労した覚えがあるようだ。ひとしきり経験談を披露しあったあと、斎木が結論づけるように言った。

「じゃあ、見本市の件はよろしく。航空券だけは取り直さなきゃならないけど、大越くんの分をキャンセルしてすぐならなんとかなるだろう。万が一取れなかったら、どれでもいいから押さえて」

「わかりました。すぐに……って、梶倉さんがやったほうがいいかしら？」

「はい。自分でやります。えっと、それで営業からはどなたが？」

「梅野《うめの》さん。私と同期よ。確か、上期の売上賞を取ってましたよね？」

麗佳の言葉に、斎木が大きく頷いた。

「うん。非常に頼りになる敏腕営業部員だよ。同じ営業部でも、今まで大越くんとはあんまり接点がなかったんだ。彼にとっては、営業トークを学ぶいい機会だと思ったんだけど」

「それは残念でしたね」

「本人もかなりがっかりしてる。まあ、遊ぶときには怪我をしないように気をつけなきゃ、って身にしみただろうから、それもひとつの学びかな」

「そう考えるしかないですね」

「じゃあ、諸々手配をよろしく。営業部に、梶倉さんが行ってくれるって伝えてくるよ」

そして斎木は、部屋を出て行った。

ドアが閉まるのを待って麗佳が、にやりと笑う。なんだろうと思っていると、日和の耳元に口を寄せて囁いた。

「よかったわ、同行者が女性で。じゃないと蓮斗が大変だった」

「え……」

そういえば、斎木が名前を出すまで、同行者の性別についてはなにも考えていなかった。仕事なんだから、同行者が男性でも女性でも関係ないと思う反面、もしも蓮斗が女性と同行すると聞いたらたとえ出張でも穏やかではいられない。とはいえ、蓮斗も同じように感じてくれるかどうかは謎だった。

「なにその顔？　もしかして蓮斗は気にしないとでも思ってるの？」

「……どうでしょう」

「気にするに決まってるじゃない。じゃなきゃ、新人の性別なんて訊《き》いてこないわ」

「新人の性別？」

「そう。先月ぐらいから、総務課に新人は入るのか、だとしたら男か女か？　ってうるさいうるさい」

第四話

そんなことを訊かれたところで答える義理はないし、答えられるはずもない。これまでずっと自分の気持ちを隠していただけに、いざ付き合いだしたとなったら想いがダダ漏れ。いくら遠距離恋愛でも、新入社員の性別まで気にするのは行きすぎだと麗佳は笑った。

「ほんと、面倒くさい。入ったとしても四つも五つも若い子なんだから、って言っても、聞きゃしない。挙げ句の果てに、若かろうが年寄りだろうが関係ない。なんなら、男じゃなくても安心できない、だって。異常だわ」

「そんな心配いらないのに」

「私もそう思うけど、それは私が、梶倉さんが何年もあいつのことを好きだったって知ってるからで、本人にしてみれば気が気じゃないんでしょ」

「そうでしょうか……」

「絶対にそう。でも、梶倉さんの『片思い』がどれぐらい長かったかについては教えてやらない。せいぜいやきもきしてればいいわ」

「麗佳さん……」

唖然《あぜん》とする日和ににっこり笑い、麗佳は自分の机に向き直る。それを見た日和も、パソコンのスリープモードを解除する。終業時刻までおよそ一時間、ただでさえ仕事は山積みなのに、木曜日から出張となったら、ぼんやりしている暇などなかった。

三月八日午後六時半、見本市会場となっていたビルを出たところで、梅野が日和に声をかけた。

「お疲れ様。本当に助かったわ」

「梅野さんもお疲れ様でした。私、お役に立てたんでしょうか……」

「なに言ってるの。立てたに決まってるじゃない。梶倉さんがいてくれなかったら、誰がパンフレットを渡してくれたのよ」

「でも、ほかのブースは、自分で持っていってもらうようにしてましたよね？」

今回の見本市に参加したのは、比較的規模が小さい会社ばかりだった。おそらく、大手はわざわざ首都圏から遠く離れた場所で開かれる見本市に出かけなくても、十分な受注が見込めるからだろう。中小、しかも今回初めて『見せる側』に回る『小宮山商店株式会社』としては、ライバルはなるべく小規模なほうがいい、と考えたし、今回参加した会社も、似たり寄ったりの考えだったのだろう。

いずれにしても、会社の規模が小さければ見本市にさける人員も限られる。ブースの大半はひとりしか来ておらず、パンフレットは『ご自由にお取りください』方式を採らざるを得なかったようだ。『小宮山商店株式会社』以外にも、ふたりで来ている会社もあったが、いずれもパンフレットを配るよりも商品の説明に力を入れていた。きっとふたりとも営業担当者で、日和のように畑違いの人間の参加は珍しかったはずだ。

怪我でやむを得ずとはいえ、やはり大越が参加できていれば……と思わずにいられない。『お役に立てたんでしょうか』という言葉は、大して役に立てなかった、という思いの裏返しだった。

ところが、そんな日和に梅野は首を左右に大きく振って答えた。

第四話

「ただ置いてあるものを持っていくんじゃなくて、手渡しすることに意味があるのよ」

「どうしてですか？　机の上に置いておいたほうが、気兼ねしないで持って行ける気がしますけど」

手渡しは渡された分だけしか受け取れないが、机の上に置いてあれば、端から全部持っていける。よりたくさんの情報を相手に渡すことになるから、契約にも繫《つな》がりやすいのではないか、と日和は考えたのだ。

だが、それはあくまでも日和の考えで、長年営業職にある梅野には違う考えがあるらしい。

「資料って、たくさんあればあるほど埋もれやすくなるでしょ？　資料じゃなくて、情報って言い換えてもいいわね。今日は見本市にしては参加企業が少ないほうだったけど、それでも全部のブースを回ったら相当な数の情報が集まるわ。なんとかして印象を残すためにも、手渡しって大事なのよ」

「そういうものですか……」

「そういうものよ。それに、パンフレットだってただじゃ作れない。興味もないのにまとめてばーっと持って行かれたらそれはそれで大変よ。その点、梶倉さんのアシストは見事だったわ」

「え、そうですか？」

意外すぎる言葉に目を丸くする日和に、梅野はくすりと笑って言った。

「まず私がお客様に声をかける。少し話して、どんな商品に興味を持っているかを探る。そのタイミングで、梶倉さんがお客様に『こちらをどうぞ』ってパンフレットを渡してくれる。そして私は詳しい説明を始める。いい流れだったわ」

モサエビと活イカ姿造り
鳥取

「それぐらい誰にでもできますよ」

「そうね。ただ渡すだけならできたかもしれない。でも梶倉さんが渡したのはほぼ百パーセント、私がおすすめしようと思ってる商品のパンフレットだったの。発売予定ってだけで、実際には市場に出していないような商品もあったのに、よくわかったわね」

　営業部員でもないのに、と梅野は感心しているけれど、日和にしてみれば当たり前だ。なぜなら出張が決まった日から、見本市に出す予定の製品について勉強を始めたからだ。

　営業部でもらってきたパンフレットは隅々まで読んだし、開発の際の苦労話も聞いた。手のひらに収まるような文房具であっても、そこに込められた思いを聞くと愛着が湧くし、ひとつでも多く売れてほしいと思う。これまでまったく関わっていなかった日和ですらそうなのだから、開発や営業に携わった人たちは、もっともっと売れてほしいと思っているだろう。

　ブースに立っていれば、なにかを訊ねられることもあるだろう。相手には日和が営業担当かどうかなんてわからない。込み入った質問には答えられないだろうけれど、簡単なものには答えたい。それには、とにかく商品を知らなければ、と思って勉強を続けた。今、どの商品のパンフレットが必要とされているかを判断できたのはその成果だろう。

　そんな日和の話を聞いて、梅野は顔をほころばせた。

「そこまでやってくれてたの……さすがは斎木課長のお墨付きだわ」

「お墨付き？」

「あら、聞いてなかったの？　うちの課長が助っ人がほしいって頼みにいったときに、斎木課長が、

第四話

打ってつけの子がいますって言ったそうよ。それが梶倉さんだったの」

「打ってつけって、なにを根拠に……？」

「観察力と想像力が豊かで耳もいい。おまけに勉強熱心で、出しゃばらない。最高のアシスタントですって。実際そのとおりだったわ。いっそ引き抜きたいぐらい」

「え⁉」

即座に、首を左右にぶんぶん振る。いくら人見知りを克服したとはいっても、自ら商品を売り込みに行く仕事ができるとは思えない。あらゆる仕事の中で、自分に一番向かないのは営業だ、と断言できるほどだった。

風が起こりそうな勢いで頭を振る日和に、梅野は大笑いで答えた。

「大丈夫よ。私の部下にほしいとは思うけど、そんなことをしたら麗佳に叱られちゃう。梶倉さんのこと、すごくかわいがってるものね」

「かわいがってるというか、お世話になりまくってます」

「世話を焼くのはかわいいからよ。どうでもいい子なら放りっぱなしにする。だって、麗佳ってめちゃくちゃシビアだもの。同期でもまともに口すらきいてもらえない子もいたぐらい」

「そうだったんですか？」

「ええ。幸い私はそれなりに話をしてもらえてたけど、仕事を疎《おろそ》かにしたり、やる気がなかったり、そもそも行儀作法がなってない子はほぼ無視。そういうときの眼差《まなざ》しと言ったら！」

まともに向けられたら凍り付きそうだった、と梅野は言う。そんな麗佳が熱心に世話を焼いてい

モサエビと活イカ姿造り

鳥取

る日和なら、斎木のお墨付きなどなくても、十分に役立ってくれるはずだと梅野は考えていたそうだ。

「今回は本当にありがとう。帰ったら、斎木課長にしっかりお礼を言わないと」

「こちらこそ、ありがとうございました。ちょっと自信が付きました」

「あなたはもっと自信を持っていい。でもまあ、そういう控えめなところが魅力でもあるんでしょうね。私や麗佳にはない、持とうとしても持てない謙譲の美徳。羨《うらや》ましいわ」

梅野のような人に羨ましがられる日が来るなんて思いもしなかった。それでも、嘘をついているようには見えないから、これはきっと彼女の本心だろう。素直に喜んでおくことにして、日和はぺこりと頭を下げた。

「そう言っていただけて嬉《うれ》しいです。これからも失望されないように頑張ります」

「それがいいわ、ってことで、私はここで」

「梅野さん、ホテルに戻られないんですか？」

梅野と日和は昨日、同じ飛行機に乗ってホテルにも一緒にチェックインした。朝も揃って会場入りしたし、帰りもホテルまで一緒に行くとばかり思っていたのだ。

ところが、日和の質問に梅野は申し訳なさそうに答えた。

「ごめんね。私はこれから実家に帰るのよ」

「ご実家？」

「実は私、鳥取の出身なのよ。今回の見本市に来ることになったのも、そのせい。忙しくてなかな

第四話

か帰省できない私のために、うちの課長が配慮してくれたの」

「そうだったんですか……じゃあ、今日はホテルに泊まらないってことですか？」

「ええ。本当は昨日のホテルも必要なかったんだけど、会場にはホテルのほうが近いし、これは仕事なんだからって麗佳も言うし。それで、一泊だけ取ってもらったのよ」

「じゃあ私だけが二泊……」

「それは気にしなくていいわ。もともと大越くんが泊まるはずの部屋だったわけだし。そうそう、梶倉さんはこのあと観光するんですってね」

「はい。もう一泊して日曜日に帰る予定です」

「正直、助かったわ」

「え？」

日和のおまけ観光で梅野が助かる理由がわからない。きょとんとしている日和に、梅野は嬉しそうに説明してくれた。それによると、もともと出張ついでの帰省が後ろめたかった。いくら上司がすすめてくれて、会社の規定にも反していなかったとしても、なんとなく気がひけていたそうだ。

そこに、日和が見本市のあと観光して日曜日の飛行機で帰京すると聞いて、俄然《がぜん》楽になったという。

「私だけじゃない。ふたりとも『会社のお金』で日曜日の飛行機で戻るんだ、って思ったらほっとしちゃってね。梶倉さんに来てもらえて本当によかったわ」

「もしかして、大越さんは土曜日に帰る予定だったんですか？」

「朝一の飛行機よ。なにか予定があったのかもしれないけど、やっぱり出張のついでに実家に戻ったりしていいのかしらって思っちゃったわ」

「なんか……真面目ですね、梅野さん」

「麗佳に言わせると『くそ真面目』だそうよ。もうちょっと融通を利かせないと損をするわよ、って心配された。でもそれは麗佳も同じこと、『どの口が言う』よ」

梅野はとても嬉しそうに言う。

麗佳は梅野のことを同期だと言っていたが、日和が思うよりずっとふたりの関係は深いらしい。総務と営業の違いはあれ、有能を絵に描いたような人たちだ。入社以来、時に切磋《せっさ》琢磨《たくま》し、時にしのぎを削りながらここまできたのだろう。

そういえば麗佳の夫である浩介、蓮斗、そして梅野……みんな同い年だ。麗佳も含めてこの年の生まれの人は優秀すぎる、とため息が出そうになる。けれど、優秀な先輩がたくさんいるのはありがたいことだし、こんな自分でも役に立つことだってある。少なくとも、梅野の気を楽にすることができたのだから……などと考えていると、また梅野の声がした。

「今回は重ね重ねありがとう。それはそうと、明日はどこに行く予定？」

「えっと……まず砂丘、あとは鳥取城と仁風閣《じんぷうかく》。できれば倉吉《くらよし》にも行ってみたいなと」

「鳥取観光の定番ね。倉吉は静かできれいな町だわ。人気のラーメン屋さんがあるから行ってみたら？」

「ラーメン？」

第四話

「牛骨ラーメン。見た目よりあっさりしてて美味《おい》しいの。倉吉駅からも歩けるわ」

「そうなんですね。鳥取市内にはおすすめのグルメとかありますか？」

「今の季節ならやっぱり松葉《まつば》ガニかしら。そろそろ終わりに近いけど……あとはイカ」

「イカ？　鳥取ってイカが獲れるんですか」

「もちろん。日本海に面してるもの」

気がつけば日本海、アゲイン——そんなフレーズが頭に浮かんだ。昨年はやたらと海を目にする機会が多かった。日本は海に囲まれた国なので、あえて内陸に向かう旅を選ばない限りどこかで海を見ることになる。ただ、太平洋側に住んでいるというのに、日本海を見た回数のほうが遥《はる》かに多かった。

けれど、今話題に上がったイカ、特に獲れたてのイカにはお目にかかれていない。イカの産地と名高い函館でも、イカを食べたい一心で訪れた呼子ですら、獲れたての身が透き通ったイカには出会えなかった。函館でも呼子でも、獲れたてとはいかないまでも新鮮そのもののイカの刺身を食べたし、大いに満足したが、心のどこかに『あの透明なイカ』を見てみたい、本当に身を通して皿の模様が見えるのか確かめたいという思いがある。

ほぼ『悲願』となりかけている『活イカ』にここで会えるかもしれないと聞いて、日和は勢い込んで訊ねた。

「獲れたてのイカって食べられますか⁉」

「獲れたて？　鳥取のイカはどれも獲れたてで新鮮だけど……ああ、活イカってこと？」

モサエビと活イカ姿造り

鳥取

「そうです！　私、函館でも呼子でも食べられなかったんです。鳥取なら食べられますか!?」

「これぱっかりは運だけど、入荷さえすれば活イカを出すお店はあるわ」

そう言うと、梅野はイカ料理の店をいくつかと、美味しいと噂の倉吉のラーメン店を教えてくれた。そして、かなり済まなそうな顔で付け加えた。

「一番おすすめは賀露《かろ》港にあるお店なんだけど、交通の便がよくないのよ。私が車で連れて行ってあげられればいいんだけど……」

「とんでもない！　久しぶりの帰省なんですから、ご家族とゆっくり過ごされてください。私は私でなんとかします。もしも行き着けなかったとしたら、縁がなかったってことですから」

日和の返事を聞いた梅野は、破顔一笑だった。

「潔いわね、梶倉さん。そういうところが麗佳にかわいがられる所以《ゆえん》なんでしょうね」

「そうなんでしょうか？　でも私って、もともとこんな感じじゃなかったんですよ。なんにもできなくて、指示されてやってみても片っ端から失敗してました。麗佳さんを見習って、というか育てていただいて少しはマシになったとは思いますけど……」

「だからこそ、かわいいのよ。きっと麗佳は、飼い始めたばかりで、自分の後ろをヨチヨチついてくることしかできない子犬みたいに思ってたはずよ。その子犬が、今は自由に駆け回るようになった。麗佳は、すごーく喜んでると思う」

「だといいんですけど……」

「間違いない……って、もうこんな時間！　急がないと！」

第四話

「ごめんなさい！」

どうやら梅野は、家族と待ち合わせをしているらしい。もしかしたら、近くまで迎えに来てもらうのかもしれない。

上司の気遣いでやっと帰省できたのに、観光情報欲しさに引き留めてしまった。申し訳なさにペコペコ謝る日和に手を振って、梅野は去って行った。

見本市の会場にいる間、終始落ち着いた振る舞いだった梅野は、ぴょんぴょんと跳ねるように歩いて行く。機嫌のいい子鹿みたいな姿に、実家に帰る喜びが溢《あふ》れていた。

楽しい時間を過ごせるといいな、と思いながら、日和はホテルに向かう。

明日と明後日《あさって》は鳥取観光だ。出張のおかげで、旅まで『前乗り』させてもらえた。しかも交通費と宿泊費の大半は会社持ち、日和が払うのは土曜日分のホテル代だけなんてラッキーすぎる。

――この上、『活イカ』にまで出会えたとしたらちょっと出来すぎかな……

そんなになにもかもうまく行くわけがない。幸運が続くと不安になる性格は変わらないな、と思いながら歩く。それでも、梅野ほどとまでは行かないけれど、足取りがいつもよりずっと軽いという自覚はあった。


今回の観光について、日和はろくに計画を立てていなかった。羽田を発つ前、正確には見本市が終わるまではいかに無事にアシスタントを務めるかで頭がいっぱいだったし、お楽しみの予定は金曜日の夜に立てればいいと考えていた。なんなら、最近見たばかりの動画配信者と同じルートを辿《たど》ればいい。彼は鳥取まで鉄道で行ったけれど、飛行機を使ったところで同じ一泊二日なら大差ないと思っていた。現に、梅野が教えてくれたイカ料理の店も、彼が訪れたのと同じ店だった。梅野と、国内ばかりか海外までも旅行しまくっている動画配信者が推す店なら間違いない。交通の便が悪いなら、車を借りればいい。レンタカーの手配なんてしていないけれど、予約はインターネットでできる。レンタカー会社はいくつもあるし、ゴールデンウィークやお盆休みじゃないのだから、一台ぐらいどうにかなるはずだ。

だが、そんな軽い気持ちで翌日の計画を立て始めた日和は、あっという間に暗礁に乗り上げた。

明日の朝、一泊二日で車を借りて『鳥取城』と『仁風閣』を見に行く。そのあと賀露港にある梅野と動画配信者がすすめるイカ料理店でお昼ご飯を食べて、『鳥取砂丘』と『砂の博物館』に行く。車はホテル近くの駐車場に止めて、日曜日は倉吉へ。白壁の町を散策し、お昼は牛骨ラーメン、午後は『三朝《みささ》温泉』まで走って日帰り入浴を楽しむつもりだった。

車ならそれほど移動が大変な距離ではないし、いつもの旅に比べたらかなりのんびりしたスケジュールだと思っていたのだ。

ところが、その肝心の車がない。鳥取のレンタカー会社を片っ端から調べてみても、まったく空いていない。いつものコンパクトカーばかりか、すべての車種で『満車のため予約できません』と表示されてしまったのだ。

いくら仕事で頭がいっぱいでも、レンタカーぐらい押さえておくのだった、と後悔しても始まらない。やむなく公共交通機関での移動を調べようとして、スマホに表示された時刻に気付いた。

第四話

――うわ、もう八時になっちゃう！　晩ご飯を食べないと……

ホテルに戻ったのは午後七時だった。レンタカーだけ押さえて食事に出ようと思っていたが、満車ばかりで次々調べているうちに一時間も経ってしまっていたらしい。

そういえばお腹もずいぶん空いている。『腹が減っては戦はできぬ』というし、とりあえず食事を済ませることにして、日和は店を調べ始めた。

午後八時二十分、日和は居酒屋の前に着いた。

ホテルから徒歩二分、通りを渡ってすぐのところにあるこぢんまりした店で、混み合う時間帯だから入れないかもしれないと覚悟はしていた。それでも、仕事の疲れとレンタカーが空いていなかったショックが重なって、遠くまで行く気になれない。できるだけ近いところで、と探した結果見つけた店だった。

おそるおそる引き戸を開けると、案の定、店の中は大盛況。ただ、カウンターの隅にひとつだけ空席があり、案内してもらうことができた。

おしぼりで手を拭《ふ》きながら、メニューを見る。

口コミには地酒をたくさん揃えている店と書かれていて、『ひとり呑みセット』や『呑み比べセット』がおすすめされていた。

メニューの説明によると『ひとり呑みセット』は珍味と刺身、天ぷら、焼きものがついていて、ご飯とお味噌《みそ》汁を足すこともできる。『呑み比べセット』は酒の銘柄が豊富な店によくある『三種類を少しずつ楽しめる』というものだ。

どちらも魅力的だし、両方を頼めば鳥取の味覚を堪能できそうだし、なにが出てくるかはその日の仕入れ次第だそうなので、お楽しみ要素もある。いつもなら迷わず頼んだのかもしれないが、今日はなんだか食指が動かない。何種類も少しずつ、ではなく一杯のお酒をゆっくり、そして料理についてもお任せではなく自分で選びたい。選びたいというよりも、食べたいものだけを食べたいという気分だった。

飲み物のメニューをしばらく眺め、『諏《す》訪泉《わいずみ》 純米』を頼む。『諏訪泉』は日本酒好きの人には有名な銘柄で、日和も呑んだことはあったのだが、ここに来るまで蔵元が鳥取にあると知らなかった。旅行では、料理もお酒もその土地のものを楽しみたいという考えなので、説明書きに『鳥取』と入った銘柄を探したら『諏訪泉』があった。以前呑んだとき、とても好みに合うと思ったお酒なので注文することにしたのである。

酒を注文したあと、料理を選ぶ。おすすめ料理の欄に『モサエビ』という文字があったので、カウンターの中にいた店長らしき人に訊ねてみると、鳥取名物のエビだという。しかも鮮度劣化が早くて遠方に出荷できず、地元でしか味わえないそうだ。

そんな話を聞いたら頼まないわけにいかない。刺身にも焼き物にもできるというので、お刺身にしてもらうことにする。ただ、店内は満席だし、ひっきりなしに料理の注文も入っている。届くまでに時間がかかりそうだと判断して、珍味の盛り合わせも頼む。日和が注文を決めている間にも、珍味の盛り合わせの注文があったが、カウンターの中の人はプラスティックのケースから皿に盛り付けているだけだった。あれなら大して手間はかからない。比較的早く出してもらえると考えてのことだった。

——私も、こういう注文の仕方ができるようになったんだなあ。梅野さんに言われた観察力が豊かってこういうことかもね。ひとり旅をしてると、周りをよく見るようになる。特にお店では、カウンターに座ってスマホをいじりっぱなしってわけにもいかないし……

ひとり旅はなんでもひとりでやる。ご飯もお酒もひとりだし、『おひとり様』はカウンターに案内されがちでもある。隣り合わせた人が終始スマホをいじっていることも多いし、日和も気になったことを検索することはあるとしても、できる限りカウンターの中の様子を見ることにしている。

洗ったり切ったり煮たり焼いたり揚げたり、と料理人さんの手は忙しく動く。その様子を間近に見ながら、あの魚はあんなふうに料理するのか、とか、これは私が注文した分だろうか、などと考えながら待つのは、カウンターに座った客だけに許される楽しみだ。

まれに、調理場が覗《のぞ》き込めないほどカウンターの前の壁が高い店がある。こちらから見えないということは、カウンターの中にいる人からもこちらが見えないことになる。あれはあれでなんとなく落ち着けて悪くはないが、日和はやっぱり料理を作る様子を見たい気持ちが大きい。だからこそ、カウンターの中に目が届く席に座ったときは、スマホの画面よりも料理人さんの様子を見たいと思う。

さらには、店の中を飛び交ういろいろな人たちの会話に耳を傾ける。盗み聞きは行儀が悪いとわかっていても、店の人やほかのお客さんの会話から思いがけない情報を得た経験が少なくないだけにやめられない。相手はおおっぴらに話しているのだから……と言い訳をしつつ、耳を傾ける。

それが日和の旅であり、結果として人に褒められるほどの観察力を得られたなら、こんなに素晴らしいことはなかった。

――趣味を仕事で生かせることなんてそうそうないと思ってたけど、案外あるのかも……

ちょっとにんまりしつつ待っていると、酒と突き出しが届いた。

酒が入ったグラスはよそでもよく見るものだが、升《ます》ではなく四角い小皿の中に立てられているのは珍しい。升よりも小皿のほうが取り扱いが楽なのかな、とは思うけれど、ちょっと寂しい気もする。それでも、酒そのものの味は変わらないはず、と自分に言い聞かせ、グラスを持ち上げる。

日和はもともと吟醸酒のフルーツのような香りが大好きで、店で選ぶときは『純米吟醸』という表記を頼りにしている。ただ、純米吟醸酒は保存が難しい。温度変化に敏感なうえに、たとえ冷蔵保存していても味が変わっていく。酒は熟成するものだから、その変化を含めて楽しめばいいようなものだが、問題は味だけに留《とど》まらない。吟醸酒ならではの香りが、開封した瞬間から失せ始めてしまう。初めて入った店で吟醸酒を注文し、香りの薄さにがっかりさせられたこともある。それぐらいなら、純米酒を頼んで様子を見たほうがいい、というのが、日和が父から聞かされた話だった。

とはいえ、日和自身は父ほどのこだわりはないし、今日は仕事のあとで疲れてもいる。この小さめのグラスでもせいぜい二杯、もしかしたら一杯でおしまいにする可能性もある。父のように、まず純米酒を頼んで様子を見るという手は使えなかった。

さらに、今回は酒の種類ではなく『諏訪泉』を呑みたいと思ったが、メニューには『諏訪泉　純米』しかなかった。吟醸酒、もしくは純米吟醸酒があったらそちらを注文したかもしれないけれど、

第四話

ないのだから仕方ない。ただ、この店が、管理が楽という理由で升ではなくて四角い小皿を使っているとしたら、酒の管理も期待できそうにない。

純米にしてよかったのかもしれないな、と思いながら少しだけ呑んでみる。まず感じたのは、すっきり……いやシャキッとした味わい、そして口の中に緩やかに広がっていく米の旨《うま》みだった。さらに、酒があまり冷たくないことに気付く。

そういえば注文したときに、『燗《かん》をしますか？　それとも冷や？』と訊かれた。温かい酒を呑みたい気分ではなかったため、『冷やで』と答えたのだが、『冷や』は冷酒ではなく常温という意味だ。常温の酒を口に含むと、ほんのり体温で温まる。ぬる燗よりももっともっと低い温度だけど、それが酒の味をさらに膨らませる。なるほど、これが『冷や』の醍醐《だいご》味《み》か、と思ったところに、珍味の盛り合わせが届いた。

酒盗と鮭フレークと梅水晶の三種で、思ったよりも皿が大きく、けっこうな量が盛り上げられている。こんなに大盤振る舞いの珍味の盛り合わせは珍しいし、鮭フレークが珍味かどうかは意見が分かれるところだろう。

まあ、美味しければ問題ない、とグラスを受け皿に戻したところで、日和は手を止めた。

——お酒に色がついてる……もしかして升じゃなくてお皿を使ったのはこのせい？

四角い受け皿の色は白。だからこそ、酒がうっすら黄色いことがわかる。升であれば木そのままの色、もしくは黒か赤に塗られているから、酒の色に気付くことはなかったに違いない。

本当にそこまで考えて受け皿を選んだかどうかはわからない。ただ、この景気のよい珍味の盛り合わせを見ても、『諏訪泉　純米』に『冷や』より低い温度が用意されていないことからも、この店の良心が窺《うかが》える。美味しいものを美味しくたっぷり食べてもらいたいという気遣いがあるような気がした。

少しずつ食べてみた珍味は、どれも日和の好みにぴったりだった。酒盗は言うまでもなく、『疑惑』の鮭フレークも塩加減がしっかりしていて酒が進む。こんなにたくさんあるんだから、どっちもご飯にのせて食べたいと思うほどだ。それでも、梅水晶には敵《かな》わない。これまで食べた中で一番、と太鼓判を押したくなる味だった。

梅水晶は加熱したサメの軟骨を千切りにして梅干しと調味料を加えて和えた料理で、日和の母の大好物でもある。調理法としては簡単に思えるが、サメの軟骨なんてそう簡単に手に入らない。だからこそ、母はメニューに梅水晶があると必ず注文するし、日和がご相伴にあずかることも多く、けっして嫌いではない。ビール、日本酒、焼酎、ウイスキー、とあらゆるお酒に合う重宝なつまみだが、母のお気に入りとわかっているからこそ、あえてひとりのときに頼むことはなかった。おそらく今日も珍味の盛り合わせに入っていなければ、食べることはなかっただろう。大げさかもしれないが『千載一遇』という言葉が頭に浮かんだ。

――さっぱりしてて酸っぱすぎない。それに、このコリコリした歯触りがなんとも言えない。細かく刻んであるのがいいのかも……

軟骨が千切りではなくみじん切りにされていて食べやすい。母は梅水晶を食べるたびに、歯が弱ったら食べられなくなると危惧《きぐ》しているが、この梅水晶なら大丈夫そうだ。日和が気に入る味ということは母だって気に入るはずだ。

この梅水晶は店で作っているものだろうか。珍味は市販のものを仕入れて使う店も多いけれど、いっそそうであってほしい。それなら日和にも買えるだろう。

面と向かって『これはよそから仕入れたものですか？』なんて訊けるはずもないが、もしかしたらどこかで売っているかもしれない。いつか母の歯が千切りの梅水晶が食べられないほど弱ってしまったら、みじん切りの梅水晶を探してあげようと思いながら箸《はし》を進める。

三種の珍味を代わる代わる食べ、酒を呑んでいるうちにグラスは空になってしまった。

珍味はまだ残っているし、モサエビも届いていない。これはもう一杯飲むしかない、と再びメニューを開く。

少し考えたあと、日和が選んだのは『千代《ちよ》むすび　純米吟醸　強力《ごうりき》』。鳥取の代表的な銘柄、かつ日和が大好きな純米吟醸酒で、戦前の鳥取県の推奨品種だった『強力米』を復活栽培して使っているそうだ。

二杯目の酒を注文してすぐに『モサエビの刺身』が、少し遅れてお酒も届いた。

『千代むすび　純米吟醸　強力』は『諏訪泉　純米』よりもしっかり色がついている。よく見ると、少し濁りもある。同じ日本酒、同じ鳥取で造られているのにこんなにも違う。これこそが、日本酒は奥が深いと言われる所以だろう。

どれだけ旅を重ねても、その土地の名物を食べ尽くすことなんてできない。『千載一遇』と『一期一会』の繰り返しだな、と思いながら一口呑む。期待どおりのフルーティな香りと濁りのある酒特有の軽い酸味が伝わってきた。

これはもう刺身だ、とばかりに『モサエビ』に箸を伸ばす。一緒に出された小皿が空なことに気付いて、目を上げるとふたつある醬油《しょうゆ》差しの片方に『刺身醬油』というラベルが貼られていた。

――『刺身醬油』ってことは、もしかしてこっちは普通のお醬油？

『刺身醬油』は九州や北陸の一部で使われている醬油同様、特有の甘みがある。関東《かんとう》で生まれ育った日和には馴染《なじ》まない味で、甘みのある醬油が出されるたびに関東の醬油が恋しくなったものだが、旅を重ねるにつれてだんだん魅力がわかってきた。

今では、この甘みこそが、淡泊な白身魚やイカ、エビにはもってこいだとまで思うようになったけれど『これを甘くない醬油で食べたい』という気持ちが完全に消えたわけではない。生まれ育った味の根強さを感じつつ、旅の味を楽しむ日々だったのだ。

ところが、今、日和の目の前には二種類の醬油と『モサエビの刺身』がある。甘くない醬油で新鮮そのもののエビの刺身を試す、またとない機会だった。

『刺身醬油』と書かれていない醬油差しを手に取り、小皿に少しだけ注いでみる。皿の上の『モサエビ』は三尾あるから一尾はこの醬油で、次は『刺身醬油』で、最後の一尾は気に入ったほうで食べることにする。

結果、三尾目の『モサエビ』は『刺身醬油』をまとうことになった。ひとり旅を始めたころは、甘い醬油に不満しか覚えなかったのに、とうとうここまで来た。その土地特有の味には、長年愛されて伝えられてきた理由がある。それがわかるようになったことが、日和は誇らしかった。

第四話

もっちりとした『モサエビ』を、微《かす》かに甘い醤油でいただき、グラスの酒で口の中を潤す。軽やかな酸味に後味を洗い流され、ちょっと残念な気持ちになる。刺身と日本酒の相性なんて今更語るまでもないし、反射的に呑んでしまったけれど、もう少しだけ『モサエビ』そのものの味を楽しめばよかった、なんて考えてしまったのだ。

それでも、時はどんどん過ぎていくし、山盛りの珍味と『モサエビ』、二杯の酒でかなり満足した。締めになにか食べたかったけれど、店の中は相変わらず大賑《にぎ》わいだし、時折引き戸が開いて空席を訊ねる客もいた。今すぐ注文したところで、出てくるまでにかなり時間がかかりそうだ。酒の酔いはもともと軽いとは言いがたかった足をさらに重くさせつつある。時刻は午後九時を過ぎたし、ここらで退散したほうがいいだろう。

会計を終えて店の外に出たとたん、冷たい風に頬を撫《な》でられた。どうやら、来たときよりも気温が少し下がったようだが、明日『鳥取砂丘』に行くことを考えたら暑いよりも寒いほうがいい。とはいえ『鳥取砂丘』までの交通手段すらまだ調べていない。さっさとホテルに戻って調べよう、と日和は歩き始める。ただし、向かったのは道を渡った先にあるホテルではなく鳥取駅、構内にあるコンビニで買い物を済ませるのが先だった。

「それは困ったね」

スマホから心配そうな声がする。

コンビニに寄ってホテルの部屋に戻ったところで蓮斗から連絡があり、そのまま通話に切り替えた。無事に仕事が終わったこと、近くの居酒屋で『ひとり呑み』をしたことと、締めが頼みづらくてコンビニでおにぎりとシュークリームを買ってきたことを伝えたあと、明日の予定の話になって、レンタカーが借りられないと嘆いた結果だった。

「ちょっと途方に暮れちゃいました。仕方がないのでバスで行こうかと」

「そうだね。確か一時間に一本ぐらいはあったはず。あ、でもちょっと待って」

そう言うと、数十秒間のカチャカチャというキーボードを叩《たた》く音を経て、また蓮斗の声がした。

「土曜日だからループバスが使えるよ」

「ループバス？　市内循環バスですか？」

「そうそう。『ループ麒麟獅子《きりんじし》』っていって、土日祝日だけ運行するバスがあるんだ。市内の観光名所を巡るバスだし、一日乗車券を買えばかなりお得だよ」

一回乗り降りするごとに三百円かかるけれど、六百円で一日乗車券が買える。いろいろな場所に行くつもりなら一日乗車券を買ったほうがいい、と蓮斗はすすめてくれた。

「わかりました。じゃあ、それで行くことにします」

「今、時刻表を確認したけど、『鳥取砂丘』に真っ直ぐ行くコースだと始発は午前八時……」

「真っ直ぐ行かないコースもあるんですか？」

「先に港に行くコースもあるよ。ただし、こっちはさらに早い」

「ちょっとそれは……」

「だよね。いくら料金は同じでも港回りだと一時間ぐらいかかるし、やっぱり八時台のバスに乗ったほうがいい」

「えーっと……その次のバスは？」

「次は一時間ぐらいあとになるね」

「じゃあ、そっちにしようかな……」

「そっか。まあ、それでも大丈夫かな」

「大丈夫って？」

「いや、なんでもない。今日一日、立ちっぱなしだったんだろ？　おまけにほぼ接客。慣れない仕事ですごく疲れたんじゃない？」

「そうなんです。実は、足が棒みたいになってます」

旅先でも、電車やバス、車などで座る機会はけっこうある。普段は座り仕事ばかりの日和は、朝から晩まで休憩時間以外は立ちっぱなしという経験はない。営業で外回りが多い梅野は平然としていたが、正直日和はヘトヘトだ。

午前八時四十分発のバスに乗るためには、遅くとも七時、朝ご飯を諦《あきら》めるにしても七時半には起きなければならない。観光したいのは山々だが、明日だけはもう少し遅くまで寝ていたかった。

「無理はよくない。ネットで検索したらすぐ出てくると思うけど、『鳥取砂丘』に向かうバスはけっこうたくさんあるよ。ゆっくり寝て、起きた時間に合わせて乗るバスを決めればいい」

「そうします」

「あとはどこに……って、これは訊かないでおこう。日和は真面目だから、俺に言った以上、絶対に行かなきゃならないって思い込むかもしれないし」

「う……」

図星過ぎて二の句が継げない。

蓮斗は、やっぱりね、と笑ったあと、週末はこれといって予定もないから困ったことがあったらいつでも連絡して、と電話を切った。

いつもよりも短いやり取りだったのは、早く日和を休ませようという気遣いに違いない。寂しいけれど、連絡なんていつでもできる。インターネットを通して繋がっていられる世の中がつくづくありがたかった。


——結局、早起きしてるじゃない！　しかもぜんぜん砂丘に向かってない！

午前八時五十五分、鳥取駅のホームで電車を待ちながら、日和は自分に呆《あき》れていた。

蓮斗との電話を終えたあと、おにぎりとシュークリームを平らげて入浴し、午後十一時にはベッドに入った。それ以後の記憶がないから、あっという間に眠りについたのだろう。

先日、人は寝ようと思ってから実際に眠りにつくまで十五分前後かかるから、五分以内に寝てしまった場合は入眠ではなく気絶だという話を読んだ。ネット情報なので信憑《しんぴょう》性はそれほど高くないけれど、昨夜の日和は気絶といっていい眠り方だったようだ。

すっきり目覚められたし、棒みたいだった足も回復している。おそらく、ホテルに大浴場があり、ゆっくり浸かれたおかげだろう。

第四話

時刻を確かめると、午前六時半。これなら朝一番のバスにも乗れる、と勢い込んで朝食を食べにいき、ループバスの時刻表を調べている途中で気が変わった。

『鳥取砂丘』と鳥取空港は十キロも離れていない。帰りは午後三時二十五分発の飛行機だから、帰る前に寄ればいい。見たいと思っていた『砂の美術館』は休館中だったし、『鳥取砂丘』だけなら朝ゆっくり出ても十分だ。それなら今日は、倉吉に行こうと考えたのである。

疲れが取れて頭もすっきりしていたせいか、移動手段の検索もサクサク進んだ。

午前九時八分発の『スーパーおき三号』に乗れば、九時三十六分に倉吉に着く。倉吉の町をゆっくり散策して、昼前に駅に戻って牛骨ラーメンを食べ、午後は鳥取市内に戻ってお城を見る、というのが本日の予定だった。

時刻表どおりに入線してきた『スーパーおき三号』に揺られ、倉吉に向かう。この電車の行き先表示は『新山口』となっている。『新山口』は山口を観光している日和に会うために、蓮斗が途中下車した駅だが、こんなところで目にするとは思わなかった。

今日和が乗っているのは、二両編成の『スーパーおき』だ。たった二両で日本海側の鳥取から瀬《せ》戸内《とうち》沿いに本州のほぼ端っこである新山口まで走る。しかもインターネットで調べてみたら、所要時間は五時間十三分……とんでもなく頑張り屋の電車だった。

——すごいなあ……そりゃスピードは出さなきゃならないし、揺れるのも当然だよね……

これぞ爆走、と思いながら揺られていく。鳥取から倉吉に行くには『スーパーはくと』という電車があり、こちらはもうすぐ自由席がなくなるらしいが『スーパーおき』の自由席は存続するとのこと。どうやらこの電車は鳥取の人の通勤通学の足となっているらしい。ここで暮らす人が気楽に使える電車として頑張り続けるんだな、と思うと、『スーパーおき』の黒とオレンジの車両がさらに頼もしく見えてくる。

かっこいい電車だよね、と思っているうちに倉吉に到着。気をつけて行ってね、と励ましつつ日和は電車を降りた。

倉吉駅から、倉吉の観光名所である『白壁土蔵群』まではバスで二十分ほどで行ける。電車の中で停留所の場所や時刻表も調べてきたので、迷うことなく停留所に向かう。

予定どおりのバスに乗り込み、バスの窓からのんびり外を眺めながら揺られていく。ところが、あとは降りる停留所さえ間違えなければ大丈夫と思ったところで、アナウンスが聞こえてきた。

「次は『倉吉パークスクエア』、『なしっこ館』にお越しの方はここでお降りが便利です」

――『お降りが便利』って聞き慣れてるけど、よく考えたらすごく変な日本語だよね……って、ちょっと待って『なしっこ館』ってここにあったの⁉

鳥取に来る飛行機の中で、通路を隔てた席の人が『なしっこ館』について話していた。男女のふたり連れ、日和の両親ぐらいの年代でやり取りの様子からおそらく夫婦だと思われた。

女性が、鳥取は梨が有名だけど、今は梨の季節じゃないから食べられない、と嘆いたのに対し、男性は『なしっこ館』に行けば試食ができる。買って帰れないのは残念だけど、せめて試食はして帰ろう、と言っていた。

そのときは見本市で頭がいっぱいでなんとなく聞き流したけれど、『なしっこ館』という名前とないわけにはいかなかった。

すぐさま降車を知らせるボタンを押す。ほどなくバスは、ゆっくりと減速して停留所に止まった。

バスを降りたものの、どちらに歩き出せばいいかわからずスマホで検索し、本当にこの道で大丈夫？　と疑いたくなるような住宅街を抜けたあと、日和は『鳥取二十世紀《にじっせいき》梨記念館』に到着した。

日和は『なしっこ館』という建物があると思っていたのだが、どうやら『なしっこ館』は『鳥取二十世紀梨記念館』の一部で、もうすぐ『エースパックなしっこ館』という名称になるらしい。

エースパックってなに？　と首を傾げながら入館料を払って中に入る。キョロキョロと周りを見回した結果、エースパックというのは包装資材の製造販売を手がける会社で、今年の二月に『なしっこ館』の命名権を取得したことがわかった。

命名権の取得――いわゆるネーミングライツは運動競技場ではよく聞くが、こういう観光施設にも用いられているようだ。それだけ運営が厳しいのだろうな、と少し寂しい気持ちで入っていくと、劇場のようなブースが現れた。

いつだったか秋田の小坂《こさか》町で大衆演劇を見たことがあるが、あの演芸場に少し雰囲気が似ている。

入り口の案内板には『二十世紀梨ものがたり劇場』とあり、次の回は十時十分からと記されている。現在時刻は十時五分なので、あと数分で始まる。上映時間は十分と短いし、それなら見ていこうと日和はブースに入って長椅子に腰掛けた。

五分後、『二十世紀梨ものがたり』が始まった。

モサエビと活イカ姿造り

鳥取

まず笑ってしまったのは、日和は『二十世紀』『なしものがたり』だと思っていたのに『二十世紀梨』『ものがたり』だったことだ。

そういえば『二十世紀』は鳥取の主力品種だった。てっきり一九〇〇年代に苦心惨憺《さんたん》した梨の栽培物語だと思っていたら、『二十世紀』という品種に限っての話だったようだ。

それでも、遠く離れた千葉で作られた『二十世紀』という梨を持ち込み、鳥取を『二十世紀』の一大産地にするまでの歴史を描いているのだから、あながち間違いではないのかもしれない。

『二十世紀』は青梨の代表的な品種で、豊富な果汁とシャリシャリとした食感、甘みと酸味の絶妙なバランスが魅力とされている。

千葉は全国で一、二を争う梨の産地だが、店頭で目にするのはもっぱら『幸水《こうすい》』や『豊水《ほうすい》』といった赤梨で、千葉県産の『二十世紀』は見た覚えがない。単に気付かなかっただけかもしれないが、おそらく昔ほどの量は作られていないのだろう。『二十世紀』の発祥の地が千葉だったなんて、ちょっと信じられない思いだ。

日和の父は梨、とりわけ『二十世紀』が大好物で、今回日和が鳥取に出張すると聞いて、ずいぶん残念がっていた。あの飛行機で隣り合わせたご夫婦同様、梨の季節だったら……と嘆いたのだ。梨の季節になっても『二十世紀』はあまり店頭で見かけないからこその嘆きだったに違いないが、千葉まで行けば手に入るかもしれない。

今年の秋は梨を探しに千葉に行ってみようかな……などと考えながら『二十世紀梨ものがたり』を見続ける。講談師の語りにロボット人形同士の会話を交えて進む物語は、思った以上に興味深く、当時の苦労をありありと伝える。見終わったあと、やっぱり千葉ではなく鳥取の『二十世紀』を買おうかな、と思うほどだった。

——でも、千葉だってすごく頑張って作ったんだよね……鳥取も大変だったけど、千葉だって大変。これってすごく難しい問題よね……

梨に限らず、産地が複数ある作物は、どこで作られたものを買うかが難しい。主要産地のものは美味しいに決まっているけれど、遠隔地の場合、輸送費用や鮮度劣化も気になる。詰まるところ、財布と相談しつつ、そのとき店頭に並んでいるものから選ぶことになってしまう。それもひとつの一期一会なのだろう。

『二十世紀梨ものがたり』を観たあと、梨の育て方や梨をテーマにした絵や工芸品、世界でどんな梨が食べられているか、などについての展示を見て回る。いつもならさっと見て通り過ぎるような展示物も、今日はじっくり見る。最初に開発の苦労物語を知ったおかげで、いつもよりずっと真剣に見ることができたに違いない。

外に梨ガーデンがあったので見に行ったが、三月の今は梨の実どころか葉っぱ一枚ついていなかった。夏や秋なら実がなっているところを見られただろうに、と残念だったが、梨が実をつける季節に『なしっこ館』に来たかどうか怪しい。なにせ日和は、三月に梨が食べられると聞いて『なしっこ館』に来たのだ。梨の季節なら、お土産に買って満足したに違いない。

実がついていないと違いがわからない。いや、実がついていたところで、青梨と赤梨の違いぐらいしかわからないな……と苦笑しながら建物の中に戻る。梨についてはしっかり学んだ。残すは最大のお楽しみ、梨の食べくらべだった。

入館したときにもらった試食券を握りしめ、キッチンギャラリーに行く。

案内板に『本日の梨の食べくらべ』の説明があり、試食用の梨は夏から氷温保存していたもので、今日は『新雪《しんせつ》』『愛宕《あたご》』『王秋《おうしゅう》』の三種類が食べられるようだ。

紙カップに入れられた梨を受け取り、テーブルに運ぶ。試食にこんな立派なテーブルを使っていいものだろうか、と思ったが、空席はたくさんあるし、試食だけならそれほど時間もかからない。みんな使っているのだから、と椅子に座り、紙コップの一番上にあった梨に爪楊枝《つまようじ》を刺す。

——ああ、うん、梨だ。それにとっても甘い。でも、やっぱり『シャリシャリ』とまではいかないなあ……

これは氷温保存の限界か、それともそもそもこういう品種なのか、と思いながら次々と食べ進む。それぞれの品種は甘みが強かったり酸味が勝ったりという差はあるものの、食感は似たり寄ったりだった。やはり氷温保存したせいで、本来の食感が失われたのだろう。

だが、本来梨は保存に向かない果物だ。にもかかわらず、冬を越えて春でも食べられる。それだけで十分すごい。しかも、食感は少々残念にしても美味しい梨であることに変わりない。むしろ、この梨を旬に食べたらどれほど美味しいだろうと期待が募る。

三百円の入館料で、寸劇が見られて、梨についてあれこれ知れて、そのうえ試食までできるなんて、文句を言っては罰が当たる。鳥取観光をする人はみんな『なしっこ館』に来るべきだ。

予定になかった訪問だったのに、最後は熱狂的なファンになってしまった。恐るべし『なしっこ館』、次は是非梨の季節に訪れたい、と思いながら、日和は『なしっこ館』を出た。

――さて、次は『白壁土蔵群』ね。バス停に戻って……あ、でも、ここからなら歩けるか。

停留所に戻ったところで、バスがすぐ来るとは限らない。道案内アプリによると『白壁土蔵群』までの距離は一・二キロとなっている。空のところどころに雲は浮かんでいるが、天気だって悪くない。絶好の散歩日和ということで、日和は歩くことにした。


およそ二十分後、日和は白壁土蔵群の端っこ、『赤瓦《あかがわら》十三号館』に到着した。

『赤瓦十三号館』は、明治四十一年に建てられた擬洋風建築で国立第三銀行倉吉支店として使われていたそうだ。現在はレストラン・カフェとして営業しており、入店を待つ人が並んでいる。まだ十一時を過ぎたばかりだが、人気の店らしいので早めに並んでおこうと考えているのだろう。

お昼はラーメンを食べる予定だが、お茶ぐらい飲んでもいいなと思っていた日和は、行列を見て即座に断念。建物の写真だけ撮ってまた歩き始めた。

古くから続いている町には、かなりの確率で用水路がある。あるというよりも、用水路に沿って家が建てられているといっていいほどで、水道が完備されていなかった時代の名残なのだろう。

この町は蔵がたくさんあるから、荷物も船で運び入れていたのかもしれない。いずれにしても、古い建物と水の流れは、それだけで肩に入った力を抜いてくれる。

昔からずっと続いている町が『大丈夫だよ、生きていけるよ』と言ってくれているような気がするのだ。

造り酒屋や醬油屋さんを経て、弁天《べんてん》参道へと折れる。橋を渡ったところにちょっと変わった造りのお寺があったけれど、お参りはせずに通り過ぎる。

神社とお寺の違いは神道と仏教の違いだと聞いたことがある。神道には複数、それこそ八百万《やおよろず》の神様がいるはずだから、通りすがりにお参りして日々の感謝を伝えてもかまわない。でも、観光名所になっていて維持の一部を拝観料に頼るようなお寺ならともかく、地元に根ざしているようなこぢんまりしたお寺には気軽に入ってはいけない。

日和の中には、お寺というのはお墓参りや法事をするところという認識がある。お寺はその町の人たちのもの、よそ者が入り込むことで供養されている人たちの眠りを邪魔してはいけないと思ってしまうのだ。

同じようにお参りをするところでありながら、自分の中でこんなにも認識が違う。不思議なものだな、と思いながらお寺を過ぎ、散策を続ける。ぐるりと一回りしたあたりで、甘い匂いが流れてきた。倉吉駅でもらった町歩き用の地図を確かめると、匂いがしてくるほうに鯛《たい》焼き屋さん、その向こうには焼き芋《いも》屋さんがあることがわかった。

芋を焼く匂いではないから、おそらくこれは鯛焼きだ。このあと駅に戻ってお昼ご飯にするつもりだが、鯛焼きぐらいなら食べられる。『なしっこ館』から歩きどおしで疲れてもいるから、甘い鯛焼きはなによりのご馳走《ちそう》だった。

匂いを頼りに道を進み、三分ほどで鯛焼き屋さんに到着する。さっきのレストラン・カフェのように行列ができていたらどうしようと思ったけれど、幸い先客はひとりもいなかった。

第四話

通りに面した窓から鯛焼きを焼いている姿が見える。型はいくつも連なっているものではなく、ひとつひとつが独立している。開いた型の片方に生地を流し込んで少し焼き、固まりかけたところで餡《あん》を入れる。反対側の型にも生地を入れ、少し待って型を合わせる。あとは何度かひっくり返しながら焼き上げていく。

鯛焼き業界では、いくつも連なってハンドルで操作する型を『養殖モノ』、ひとつひとつ独立していて手でひっくり返す型を『天然モノ』と呼ぶそうだが、実際目にすると『天然モノ』はなんだか忙しい。こっちのほうがよっぽど手がかかるから、こっちが『養殖モノ』なのでは？　という疑いがわいてしまったが、一度にたくさんできるほうが養殖という考え方なのだろう。

それはそれで、と納得して店に入る。入ってすぐのところにあるレジでお金を払うと、すぐに鯛焼きを渡してくれた。焼き置きかと思ったらとんでもない熱さで、危うく落とすところだった。

せっかく買ったのに落としては大変だと、ハンカチを出して包み込む。やれやれ、と店内を見回すと、レジの反対側にベンチがあった。どうやら、店の中で食べてもいいらしい。

食べ歩きになるかなと思っていただけに、ゆっくり座って食べられるのは嬉しい。ベンチの端っこに腰掛けて、熱々の鯛焼きをかじる。

――わあ……皮がうすーい。それでこんなに熱いんだ……

鯛焼きの皮は餡に比べて温度が下がるのが早い。中の餡が熱々でも、皮が厚ければそれほどではないが、薄ければダイレクトに手に熱が伝わってくる。取り落としそうになるほど熱かったのは、焼き立てだったことと同時に、皮の薄さにも理由があったようだ。

モサエビと活イカ姿造り
鳥取

皮が厚くてふかふかの鯛焼きは美味しい。だが、薄皮でぱりっとした鯛焼きも嫌いではない。生地が薄ければ薄いだけ餡の量が増えるから、餡が美味しい店なら皮は薄いほうがいい。そしてこの店は、皮なんてどこまでも薄くしてくれていいわよ！　と言いたくなるほど餡が美味しかった。餡だから甘いのは当たり前だが、しつこさが全然ない。食べ終わった瞬間にすっと消えていくような潔い甘さだ。皮はパリパリだし、型からはみ出した端っこがよく焼けて香ばしい。一ヵ所、焦げて真っ黒になっているところがあったが、食べられないほどの苦みではないし、あえて鋏《はさみ》で切ったりしないところがいい。懐かしくて素朴、この町に相応《ふさわ》しい鯛焼きだった。

熱い餡をホフホフと口の中で冷ましつつ、少しずつ食べていく。いつまでも食べていたいと思ったが、何事にも終わりはある。最後に残った尻尾《しっぽ》の先を大切に味わい『昼ご飯前の軽いおやつ』が終了した。

「ごちそうさまでした」

「ありがとうございました。お気をつけて」

挨拶《あいさつ》を済ませて店の外に出た日和は、そのまま大通りに出て倉吉市役所に向かう。もちろん、市役所に用があるわけではない。市役所前の停留所からバスで駅に戻るためだ。

鯛焼き店からバス停までは徒歩二分。しかも、停留所に着くやいなや倉吉駅に向かうバスがやって来た。なんというタイミング、あらゆる意味で素晴らしすぎるおやつ休憩だった。

梅野は、おすすめの牛骨ラーメンのお店は倉吉駅から歩いて行けると教えてくれたが、道案内ア

第四話

プリによるとひとつ前のバス停で降りたほうが近いらしい。『白壁土蔵群』からの帰りに寄るとは思っていなかったんだから当たり前よね、と素直にアプリに従ってバスを降りる。

さてお店は……と思って目を上げたとたん、向かい側に店の看板を見つけた。確かにこの停留所で降りるのが正解だった、と道を渡り、店に入る。

引き戸を開けるやいなや『いらっしゃいませ！』という元気な挨拶が飛んできて、カウンター席に案内された。

まだ十二時になっていないのに店の中は満席に近い。鯛焼きを食べたあと、もう少し散策を続けようかと思わないでもなかったが、やめておいてよかった。もっとゆっくりしていたら並んで待つことになっただろう。

すべてが大正解、と悦に入って注文を済ませる。バターが入っていたり、焼き豚が山ほどのっていたり、梅干しや柚子《ゆず》で風味づけられたものもあったが、日和が頼んだのは味玉が半分と焼き豚が一枚、キクラゲ、メンマ、葱《ねぎ》がトッピングされたラーメンだ。これらのトッピングはほかのラーメンにも共通しているから、この店の基本のラーメンなのだろう。

日和は、初めて入ったラーメン屋では基本的、つまり一番シンプルなラーメンを頼むことが多い。値段が一番安いという理由もあるが、シンプルであればあるだけ、その店の味がわかりやすいと思っているからだ。

ラーメンの基本はスープと麺《めん》の組み合わせだ。どんなに贅沢なトッピングを施そうが、スープと麺が美味しくなければラーメンとしては失格だし、トッピングで誤魔化すなんてあり得ない。いざ、

モサエビと活イカ姿造り

鳥取

尋常に勝負しろ、だった。

二十分後、店を出た日和は空を見上げた。天気も気分も上々、ご機嫌そのものである。

――『尋常に勝負しろ』とは思ったけど、ここまで速いなんてねえ……。注文してからラーメンが出てくるまでも速かったけど、私が食べるのもちょっと速すぎじゃない？

母が見ていたら『もっとゆっくり食べなさい。よく噛んで！』と叱られること請け合い。我ながら呆れるほどのスピードで食べ終えた。

ほどよい脂とコクのあるスープにたっぷりの青葱。この葱の色を見ただけで元気が出てくる。麺は日和の本当の好みよりも少し太めだが、これぐらいのほうがスープとよく絡む。わざわざレンゲで掬《すく》って口に運ばなくても、麺を啜《すす》り込んだだけで脳裏に牛の影がちらつく。かといって、牛はしつこく居座ったりせず、麺を噛んでいるうちにどこかに去って行く。

気まぐれな牛の影に、ふふ……などと笑いつつ、麺を一啜り、二啜りしたあと、半分に切られた味玉に箸を伸ばす。味玉と焼き豚の両方がのせられていた場合、どちらを最後に残すか大いに悩むところだが、オレンジがかった黄色があまりにも美味しそうで我慢できなかった。

思い切って一口で頬張ると、白身の弾力に続いて黄身が口の中で溶けていく。ハッと気付いて、レンゲでスープを一口……世界で一番お手軽な天国の出来上がりだった。

そのあとも麺とスープ、メンマ、時々キクラゲ……と忙しく食べ進み、気付いたときには丼の底から三センチほどのスープを残すのみとなっていた。

――あー美味しかった。さすが梅野さんのおすすめだわ。あれ、でも……

第四話

支払いを終えて外に出た日和は、店の看板を見上げて少し考えた。

なんだか見覚えがある。店の佇《たたず》まいと言うよりも文字そのものに既視感を覚えて調べてみると、ホテルから歩いて五分ぐらいのところにも店があった。一日目にホテルにチェックインしたあと、コンビニに買い物に出たときに見かけたのだろう。

ホテルのすぐ近くにある店のラーメンを、わざわざ倉吉で食べてしまった。もしかしたら梅野は、ホテルの近くに店があることを知らなかったのだろうか。鳥取には長らく帰れていないと言っていたから、その間にできた店なのかもしれない。

それでも、今日和が食べた店には『本店』という文字がついている。日和が倉吉に行くと聞いて、どうせならこのラーメンを初めて作った店で味わってほしいと考えた可能性もある。

たとえホテルの目と鼻の先に店があろうが、梅野に紹介されなければこのラーメンを食べることはなかった。旅先で悩みがちな『どこでお昼を食べるか』問題を解決してくれたことまで含めて、大いに感謝すべきだろう。

鯛焼きとラーメンでほどよくいっぱいになったお腹を抱えて駅に向かう。ただ真っ直ぐ歩けば駅に着くので、道案内アプリは必要ない。

部活帰りらしき男子中学生グループと前になったり後ろになったりしながら歩く。男子中学生たちは、いきなり立ち止まったり駆け出したりと忙しい。会話が途切れることはないし、終始笑い声が上がっている。

中国地方は中国山地を境に、山陽《さんよう》地方と山陰《さんいん》地方に分けられる。具体的には島根、鳥取、山口の

モサエビと活イカ姿造り
鳥取

北半分が山陰地方になるのだが、よく考えたら陰と陽に分けるのはちょっと失礼な話だ。

光があれば影ができるのは当然だとわかっていても、陰という言葉の持つイメージはあまりよくない。なんとなく、陰でこそこそしているように思えてくるし、自分の住む町を丸ごと『陰』と言われたら面白くないだろう。

けれど、目の前の男の子たちはそんなこと関係ないとばかりに大はしゃぎしている。勝手に悪いイメージだと決めつけて憤慨している日和のほうが、よほど失礼かもしれない。

――『陽キャ』だらけの山陰地方か。なんかちょっといいよね。

『陰キャ』も『陽キャ』も悪いわけじゃない。罪を犯さない限り好きに生きればいいと思うけれど、言葉遊びとしては面白い。

そのまま元気に育ってね、と思いながら、日和は交差点で左に折れていく男の子たちを見送った。

――ちょっと無理だね。よし、鳥取に戻ろう！

駅前のバスターミナルに立った日和は、『三朝温泉』で日帰り入浴というプランをあっさり捨てた。

倉吉駅から『三朝温泉』までは、バスで三十分弱で行けるのだが、なにせ運行本数が少ない。行くのも戻るのも多くて一時間に二本、ほとんどの時間帯は一本しかない。まだお昼を過ぎたばかりだから行って行けないこともないが、なんだか気が乗らない。

そういえば、昨夜は重い身体を引きずるように大浴場に行った。しっかり浸かって疲れが取れ、

第四話

朝から元気に動き回ることができた。温泉ならもっと癒《いや》されたのかもしれないが、日和はただのお風呂で十分だった。

昨今、ビジネスホテルでも大浴場付きのところが増えてきた。大きなお風呂が好きな日和は、ついつい大浴場付きのホテルを選んでしまうが、下手に大浴場があると温泉に浸かりたいという欲が薄れがちだ。近くに温泉があるところでは、大浴場がないホテルのほうがいいのかもしれない。

ちょっと失敗したかな、と後悔しつつ、鳥取行きの切符を買う。ＩＣカード？　なにそれ美味しいの？　とでも言いたそうな駅員さんに切符を渡し、スタンプを押してもらって改札を抜ける。

ひとり旅を始めてもうずいぶん経つけれど、地域で運営されている鉄道会社以外で有人改札を見たことがない。特に県庁所在地、かつ堂々と『ＪＲ』を冠する駅の改札で駅員さんに切符を渡した経験は皆無だ。

すごいスピードの『スーパーおき』と切符にのんびりとスタンプを押す駅員さんのアンバランスさがすごい。『スーパーおき』は蒸気機関車を思わせるような黒とオレンジの車両でレトロな感じがあるけれど、同じ路線を走る『スーパーはくと』は近代特急そのものの姿らしいから、さらにアンバランス感が増すことだろう。

ずっとこのままでいてほしいような気もするけれど、それは日和が旅行者だからにすぎない。このまま少子高齢化が進めば、社会はますます人手不足になっていく。改札に人手を割くのは大変だろうし、通勤通学の足として使っている人にしてみれば、やっぱり自動改札は便利に違いない。

旅行者は『レトロ』をありがたがるけれど、『レトロ』は不便の裏返しだ。その地に暮らす人は、

モサエビと活イカ姿造り
鳥取

いつも都会で便利な生活をしているくせに、こっちにばっかり不便を強いるな、と言いたいことだろう。

その反面、『レトロ』を売りに旅人を呼ぼうとする町もある。どちらを選ぶにしても、町全員が同じ考えなんてことはあり得ない。考えが合わなくて、町を出て行く人も多いのかもしれない。

難しい問題だなあ、と思いながらスマホをいじっていると、鳥取─倉吉間の各駅でICカードも使える自動改札が導入されるという記事が出てきた。導入は二〇二五年予定となっていたから、もしも日和がまた鳥取に来ることがあっても、改札に駅員さんは立っていない可能性が高い。

残り少ない有人改札を見られてよかった、と思うに留め、入ってきた電車に乗り込む。鳥取行きの各駅停車、四十六分の旅だった。

午後一時十八分、日和は無事鳥取駅に戻ってきた。

いったんホテルに戻るか、と歩き始めたところ、バスターミナルに『くる梨バス』が止まっているのが見えた。

『くる梨バス』は鳥取市内を走る循環バスだ。乗車距離を問わず一回ごとに百円払うという、最近よくあるタイプのシティバスで、赤、青、緑の三コースがあるそうだ。案内板によると、このバスは緑コースで、停留所の中に『仁風閣・県立博物館』という文字も見えた。

──このバスに乗れば『仁風閣』に行けるのね。『仁風閣』は鳥取城の足元に立ってるんだから、鳥取城にも行けるってことか……

第四話

三つあるコースの中で『仁風閣』に向かうのは緑コースだけだ。その緑コースのバスが目の前に止まっているのだから、乗らないわけにはいかない。空は相変わらず晴れ渡っている。お城を見に行くにはもってこいだった。

停留所で止まったり通過したりしながら、バスは鳥取の町をゆっくりと走る。病院やスーパーの近くにある停留所での乗り降りが多いので、乗っている人の大半はこの町で暮らしている人なのだろう。鳥取市で一番の観光名所と思《おぼ》しき『仁風閣』と『鳥取城』に向かうコースがこの状態なら、赤や青のコースは推して知るべし。有名な観光地、なおかつ主な移動手段がバスという町では、観光客でいっぱいになって、住民がバスを利用しづらいこともありそうだが、この町では正しく『市民の足』として運行されているようだ。

いっそこのまま『鳥取砂丘』まで行ってくれればいいのに、と思いながらバスに揺られる。乗車してから十分もかからずに『仁風閣・県立博物館』停留所に着いた。

お堀に架けられた橋を渡り、『仁風閣』に向かう。

『仁風閣』は木造瓦葺《かわらぶ》き、フレンチ型ルネッサンス様式を基調とした白亜の建物で、一九〇七年に当時皇太子だった大正天皇の山陰行啓時の別荘として建てられたそうだ。元帥海軍大将の東郷平八郎《とうごうへいはちろう》によって『仁風閣』と名付けられ、外観の優雅さや日本庭園の美しさから国の重要文化財として指定されており、全国各地から多数の人が訪れているという。

とはいえ『仁風閣』は現在、文化財修理工事がおこなわれているため、内部を見ることはできない。令和五年の十二月末に閉鎖され、ホームページには『令和十年度中に再開館予定』と書かれていたから、かなり念入りな修復が施されるのだろう。

人手不足とか材料不足で工期が延びないだろうか、と少し心配になる。日和自身は建物の構造とか内装に特別な興味を持っているわけではないが、『仁風閣』は白を基調とした建物なので、今日のように天気がいい日は、青空に映えてより美しく見える。

壁のあちこちに汚れや傷が見える今ですら、はっとするほどきれいなのだから、きちんと修復し、建設当時の姿を取り戻したらもっともっと美しいに違いない。

さらに、美しさを保つという意味だけではなく、建物は年を経るごとに傷んでいく。一九〇七年に建てられたのであれば、すでに百十年以上経っている。日本の木造建築技術の素晴らしさは語るまでもないが、そろそろ大規模修復を施さないとある日突然崩れ去ってしまうかもしれない。

先日訪れた長崎の『グラバー園』でも、あちらこちらで洋館の修復工事がおこなわれていた。せっかく行ったのに見られなくて残念と考える人もいるだろうけれど、修復には時間もお金もかかる。修復できるということは、その施設の運営母体に『ゆとり』がある証《あかし》だし、修復によって当時の技術も受け継がれていく。文化の継承という意味でも、修復工事は必要不可欠なのだろう。

緑の芝生の上に立つ白亜の洋館、背景は真っ青な空だ。日和のような素人が適当にシャッターを切るだけで、絵はがきみたいな写真が撮れる。建物の横を通って向こう側に行ってみたら、そちらが玄関側だったようで、ガーデンテーブルがいくつか置かれていた。

ますます絵はがきみたいだ、と感動しつつまたシャッターを切る。そのとき、明らかにアジア人種ではない目鼻立ちの少女が三人やってきた。しばし建物を見上げていたあと、代わる代わるテー

第四話

ブルセットに座って写真を撮り合い始めた。

洋館を背に、白いテーブルに座って微笑む青い目で金髪の女の子……プライバシーとか肖像権なんて言葉を知らなければ、勝手に写真を撮ったのに、と悔しくなるほど『絵になる』光景だった。

眼福、眼福……などと昔のお殿様みたいに頷き、城壁に向かう小道を辿る。『城』ではなく『城壁』としたのは、『鳥取城』そのものはとっくに失われ、天守閣はもとより二の丸も三の丸もすべて跡地、見るべきものは城壁と眼下に広がる町並みだけ、という状態だからだ。

それでも『鳥取城』の城壁は『現代アート』と賞賛されるほど独創的なデザインや形状をしているそうだし、単純に高い場所から町を見下ろすのは壮観、ということで観光の目玉となっているのかもしれない。

せっかく来たのだから見てみよう、と山城に続く道を上っていく。

三の丸跡から『仁風閣』を見下ろし、なるほどこういう屋根か……などと偉そうに頷いてさらに上る。二の丸跡まで行ったあと、さらに上へ。いつもならとっくに引き返しているあたりなのに、元気よく上り続けられたのは天気のせいだ。空はどこまでも青く、寒くも暑くもない。もちろん風もない。たとえ苦手な山城でも、これほどコンディションがよければなんとかなる。一番高い場所から鳥取の町を見たい一心だった。

最終的に息切れはしたものの、望みどおり『今立ち入り可能な一番高い場所』に立つことができた。『仁風閣』はさっきより小さくなり、町並みの向こうの山も見える。『仁風閣』の入り口でもらったパンフレットによるとあの山は『大山《だいせん》』らしい。

モサエビと活イカ姿造り

鳥取

『大山』は中国地方の最高峰であり、山でありながら神様扱いされている。以前、島根に行ったときに『大山さんのおかげで島根には台風が来ない』と聞いたが、おそらく鳥取も同様で、自分たちを守ってくれる存在として崇《あが》めているのだろう。

町の向こうにそびえる神の姿、反対側には日本海。海の手前にうっすら見える茶色の帯は『鳥取砂丘』だ。まだ『鳥取砂丘』には行っていない。鳥取空港と同じ方向だから、帰る前に行けばいいと思っていたが、これほど天気がいいなら今日行ってもいい。『鳥取砂丘』は夕日の絶景スポットとして紹介されている。この機会に見ておくべきかもしれない。

さらに日和は、そこでまた梅野の言葉を思い出した。

――そういえば、イカ料理の一番のおすすめの店は賀露港にあるって言ってた。入荷さえすれば、って条件付きだったけど、今日みたいな天気なら望みはあるかも……

晴れているから海も穏やかとは限らない。それは呼子で思い知らされた。けれど昨日から今日にかけては風だってそれほど吹いていない。スマホで検索してみたところ、賀露港と『鳥取砂丘』は九キロほどしか離れていない。電車は無理でもバスなら十五分もかからず移動できるはずだ。

『鳥取砂丘』で夕日を見たあと、賀露港でイカを食べる。なんて素敵なプランだろう。

ところが、悦に入って移動手段を調べ始めた日和はすぐに啞然《あぜん》とすることになった。今日の鳥取の日没は午後六時八分、それを見てから賀露港に移動するためには途中で一度バスを乗り換えた上で一時間以上かかるとわかったからだ。

――砂丘会館からバスに乗って、最寄りの停留所に着くのが七時半ごろ？　バス停からお店まで

第四話

歩いて十分……それってイカが売り切れたりしない？

　イカが入荷する可能性はなきにしもあらず。でも量なんて保証はされていない。梅野が教えてくれた店には昼休憩があり、夜の営業は午後五時からとなっている。日没を見たあとすぐに砂丘を出ても、店に着くのが七時半となったら売り切れてしまうかもしれない。

　いったん『鳥取砂丘』に行き、日没は諦めてイカ料理を食べにいく手もあるが、せっかく描いた『素敵なプラン』を諦めたくない。車で真っ直ぐ走れば十五分だとわかっているからなおさらだ。

　もういっそタクシーで……と思ったけれど、昨今のタクシー不足問題は深刻らしい。そもそも『鳥取砂丘』近辺でタクシーが捕まえられるかどうかわからないし、夕方から夜にかけての時間帯にタクシーが呼べるかどうかはもっとわからない。すべてのタクシーが空港か駅の周りにいるような気がしてならなかった。

『無理そうだからやめよう』と『行くだけ行ってみよう』の間で気持ちが行ったりきたりする。今日は『鳥取砂丘で日没を見る』だけに止め、『活イカ』は明日に回すほうが賢明かもしれないが、明日も好天とは限らない。なにより今の日和は頭の中が『イカ』でいっぱいだ。たとえ『活イカ』じゃなくてもただのイカならあるかもしれない。

『活イカ』じゃなくても新鮮なイカは美味しい。ある意味『いつも』の思考転換で、日和はバス停に向かう。とりあえず『鳥取砂丘』に行く。縁があれば『活イカ』に出会える。そんな気持ちだった。

モサエビと活イカ姿造り

鳥取

――これって、日頃の行いの成果？　ここまで優遇されるほど頑張ってない気がするし、揺り返しが恐いんだけど！

『禍福は糾《あざな》える縄の如し』などという言葉を頭に浮かべつつ、日和はハンドルを握る。

日和が乗っているのは、グレーの軽自動車、日本中で大人気のどこに行っても見かける車種だった。

『仁風閣・県立博物館』の停留所に行ってみたら、緑コースのバスは出発したばかりで、十五分ぐらい待ち時間があった。やれやれ、と停留所前のベンチに腰掛けてスマホをいじっていたら、レンタカーの広告が表示された。

日和が頻繁に使っているレンタカー会社で、昨日も検索したばかりだから、興味があると判断されたのだろう。昨日の夜の時点で借りられるレンタカーはないとわかっていたが、手持ち無沙汰《ぶさた》からタップしてみたところ、『出発一時間前まで予約ＯＫ』という文字が表示された。

もしかしたらキャンセルした人がいるかも、と淡い期待を抱いて予約ページに進むも、やはり空車はない。でしょうね、とページを閉じかけたとき、日和はふと思いついた。

――昨日も今日も、調べたのは鳥取駅前の営業所ばかりだよね？　空港ならもしかして……

出発地を『鳥取駅前営業所』から『鳥取空港』に変更し、もう一度調べ始める。数分後、歓声を上げた日和は、猛スピードで歩き始めた。

ここから少し歩いたところに、別路線の停留所がある。そこからバスに乗れば、歩く時間を入れても一時間で空港に着ける。予約を入れた貸出時刻、午後四時半に十分間に合う。しかも、レンタ

第四話

ル時間を二十四時間に設定したので、明日飛行機に乗る前に返却すればちょうどいい。ホテルにも駐車場があったし、満車でもホテルから紹介してもらうことはできるだろう。市内から空港へはバスで移動する予定だったけれど、車があれば時間に縛られなくなる。ぎりぎりまで観光に費やせるのはありがたすぎた。

喜びのあまり、足取りがどんどん速くなる。結果としてバス停まで七分と案内されていたにもかかわらず、五分ぐらいで着いてしまった。少し待ってやってきたバスに揺られ、『鳥取空港』を目指す。

日和が乗ったバスは時間通りに『鳥取空港』に到着、予約時間より十分も早くレンタカーカウンターに着いてしまった。なに食わぬ顔で貸し出し手続きをしてくれた係員さんには感謝しつつも、『揺り返し』に怯《おび》えているというわけだった。

――大丈夫、物事って原因があるから結果があるのよ。先に結果がきてあとから原因が追っかけてくることとなんてないでしょ？　営業には到底向かない私が、見本市で頑張ったからこそ車が借りられた。そう信じればいいの！

『禍福は糾える縄の如し』よりも『因果応報』だ、と自分に言い聞かせ、アクセルを踏み込む。

昨日は無理だと思った鳥取ドライブの始まりだった。

『砂丘会館』の駐車場に着いたのは、午後五時ちょうどだった。お土産物屋さんが何軒か並んでいて、駐車無料の看板も見受けられたが、『鳥取砂丘』の入り口に一番近いし、広くて駐車が楽そうだったのでそこに決めた。

お土産物屋さんの駐車場に比べれば料金もかかるけれど、止めさせてもらったのだからなにか買わないと、とお土産を探し回るよりずっと気楽だろう。

ところが、駐車場に着いてから五分で日和は後悔に襲われた。日没にはまだ時間があるし、どこかに休める場所はないかと探した挙げ句、『駐車無料』と掲げた店でソフトクリームを食べることになってしまったからだ。

それでも、もともと大好きなソフトクリームに、梨のピューレがたっぷり入った『梨ソフトクリーム』はほんのり甘くて優しい味わいだった。『梨ソフトクリーム』なんて鳥取でしか食べられないかもしれないし、珍しく天守閣跡まで上ってしまったお城見学の疲れが溶けていくようだった。なにより、『砂丘会館』前の案内板には、駐車料金は砂丘の保全に役立てると書いてあった。暴利をむさぼっているわけではないのだから、文句を言うのは間違いだろう。

隙あらば靴の中に潜り込もうとする砂と戦いながら、黙々と進む。

砂丘の入り口とされる階段を上ったのは、二十分も前のことだ。

それから延々と歩き続けてようやく小高い丘の半ばまで来た。あと少しで『馬の背』と呼ばれる『鳥取砂丘』最大の砂丘列の頂点に着ける。ここまで来たからには上り切らずに終われない。どれだけ息が切れようが、足を砂に取られて転びそうになろうが、絶対に『馬の背』から海を見るという一念で上り続けている。

第四話

歩いている間にも太陽はどんどん沈んでいく。日和が『馬の背』を上りきるのと太陽が姿を消すのとどちらが早いのか。もしかしたら間に合わないかもしれない、と無理やり足を速める。

ハァハァ……という息がゼイゼイ……に変わりかけたころ、日和はようやく『馬の背』の一番高いところに立つことができた。

「すごい……」

思わず声が漏れた。ただし、それに続く言葉は出てこない。

世界はオレンジ色に染まり、今にも空から神様が降りてきそうな雰囲気に包まれている。周りの人からも感に堪えないような声、正確には嘆息しか聞こえてこなかった。

朝でも昼でも、『鳥取砂丘』の入り口から延々と歩いて『馬の背』を上りきったとたん、目の前に果てしなく広がる海を見たら、おそらく感動しただろう。

けれど、オレンジ色に染まる世界はこの時間帯、よく晴れた日の日没だからこそだ。太陽が、鋭い矢のような光を放ちつつ水平線の彼方に去って行く。

日和は常々、朝日に比べて夕日は気持ちを落ち着かせてくれる、しんみりさせてくれると思っていたが、この夕日は違う。こんなにも力強く、『明日は何をしてやろうか』と気合いを入れてくれる日没風景は初めてだった。

たくさんの人々が見守る中、太陽はすっかり姿を消した。世界のどこかに、この退場劇を登場シーンとして眺める人がいると思うと不思議な気持ちになる。

もう一度、端々まで日本海を見渡したあと、気が済んだとばかりに『馬の背』を下り始める。

鳥取

ふと見ると、あちこちに草が生えている。上ったときは、日が沈みきらないうちにと慌てていたせいで気付かなかったのだろう。

――砂丘でも草が生えるんだ……まあそりゃそうだよね。こんなに水があるわけだし……

目の前には『鳥取砂丘オアシス』と呼ばれる池がある。この池は、地下水の湧出によってできていて、降水量が多い晩秋から春にかけて見られるという。

砂漠と砂丘は同じようなものだと思われがちだが、前に調べたところによると、砂丘は風で運ばれた砂が作る丘で、砂漠は乾燥が激しく砂や礫《つぶて》、岩石の多い土地とのことだった。

補足説明として、乾燥が激しい砂漠と異なり、砂丘はたとえ地表が乾いていても少し掘れば湿った砂が出てくるという記述もあったし、『鳥取砂丘オアシス』のように地表まで湧き出るほどの水量があれば、地中だって相当湿っているはずだ。

もっと植物が育っていてもいいのに、と不思議に思って調べてみると、砂丘に植物が生えないのは水の不足ではなく、風によって砂が動いて根が張れないためとわかった。

――水じゃなくて風のせいなんだ。全然知らなかった……

スマホを開発した人は、世界中の人からもっと称えられるべきだ。旅先に限らず、ふと感じた疑問をその場で、しかも短時間で調べられるのはなんとありがたいことだろう。スマホがなければ、日和のように忘れっぽい人間は疑問そのものを忘れ去り、新しい知識を得る機会を失っていたに違いない。

今日も新しい知識をありがとう、と改めて感謝し、また歩き始める。残照がどんどん失われていく。さっさと戻らないと暗闇で途方に暮れることになってしまう。

現在時刻は午後六時十五分、砂に苦労しながら延々歩いたせいで、お腹もかなり空いてきた。『活イカ』どころかイカそのものすらあるかわからないが、梅野が教えてくれた店は海鮮丼も有名らしい。日本海の海の幸を盛り込んだ海鮮丼はさぞや美味しいことだろう。とにかく早く行って、夕ご飯にありつきたかった。

第四話

車を借りられて本当によかった。空港で車を借りるという手段を思いついた自分を褒めつつカーナビをセットし、『かろいち』を目指す。『かろいち』は賀露港のすぐそばにある海鮮市場で、梅野が教えてくれた店もそこにあった。

ところどころで夕方の渋滞に捕まったものの、べったり止まることもなく、午後六時半には『目的地に到着しました。音声案内を終了します』というナビの案内を聞くことができた。

車を止めて、またしても急ぎ足で店に向かう。

ないならないで仕方がない、と自分に言い聞かせながらも、一秒でも早ければ『活イカ』の最後の一杯にありつけるかも、という思いも捨てられない。周りには誰ひとり同じ店に向かう人がいないのにこの慌てよう……我ながら意味不明そのものだった。

ほぼ駆け足で店に着いた日和は、そこに出されていた小さなテーブルを見てほっとする。

テーブルの上には、函館でも呼子でも出会えなかった『活イカ姿造り』のサンプルがある。そしてその脇には号外——『本日稀少《きしょう》入荷のため数量限定』と記された品書きがあった。

数量限定ならすでに売り切れたかもしれない。忙しくて、このサンプルや品書きを回収しに来る暇すらない可能性だってある。

ほっとするのはまだ早い、とドキドキしながら細い通路の奥にある店の入り口に向かう。

「活イカ、まだありますか？」

いらっしゃいませ、と迎えられたとたん、日和の口から飛び出したのはそんな言葉だった。迎えてくれた女性従業員は、にっこり笑って頷いた。

「はい、ございます。おひとりですか？」

「あ、はい……」

こちらへどうぞ、と案内されたのはカウンター席、とはいってもカウンターの向こうは調理場ではなく生け簀《す》だった。

生け簀の中にいるのは大量のカニ、脚がすんなり長いし、場所と季節から考えてこれが『松葉ガニ』だろう。

カニはいいのよ、どうせカニなんて高くて手が届かない。それよりイカは？　と思いながら店内を見回すと、壁際にもうひとつ生け簀があった。

さてはそこだな!?　と伸び上がって覗き込むと、そこには黒い点がいくつも動いている。黒い点はイカの目だ。もちろんイカが目だけで泳いでいるはずはないが、生け簀の周りが暗くしてあるせいかあまりはっきり見えない。じっと目を凝らしてようやく、ああ、この薄茶色で細長いのが身体か、と気付く程度だった。

第四話

ようやく生きているイカに会えた。水族館で見たことはあるが、水族館のイカは食べられない。

このイカは食べられるのだと思うと、勝手に口元が緩む。イカを見てニヤニヤするなんて気持ち悪すぎる、と思っても止まらない。そうこうしているうちに、案内してくれた女性がやってきた。

「ご注文はお決まりですか？」

「え……あ、これで注文するんですね？」

この店は、それぞれの席に置かれたタブレットで注文するようだ。この女性は、ずっとイカを見ていて注文しない日和に気づいて、声をかけに来てくれたのだろう。

ニヤニヤしている場合ではなかった。さっさと注文しなければ、と思っていると、女性がタブレットに手を伸ばして操作してくれた。

「『活イカ姿造り定食』でよかったですか」

「はい。お願いします」

「お呑みものは？」

「えっと……車なので……」

「ではお茶をお持ちしますね」

サクサクと注文を終え、女性は去って行った……と思ったら、すぐにお茶を持って戻ってきて日和の前にそっと置いてくれた。

「イカを食べにいらっしゃったんですか？」

「はい。前から活イカの姿造りが食べてみたかったんですけど、函館でも呼子でも駄目だったんです」

「あー……最近、どこでもイカは不漁なんですよね」

「鳥取もですか？」

「はい。昔と比べたら全然獲れなくなりました」

もともとイカは冬よりも夏のほうが獲れる。鳥取は『白イカ』という肉厚で甘みが強いイカが名物となっているため、旬を迎える夏には『白イカ』目当ての客が多数訪れるが、冬は冬でほかの種類のイカが獲れる。それなのに、ここ数年は『白イカ』もほかの種類のイカも漁獲量が激減して、イカを売る店はみんな困っているそうだ。

「今日はあってよかった……」

思わず漏れた声に、女性もにっこり笑う。

「ずっと入ってこなくて、今日は久しぶりに入荷したんですよ。ご用意できてよかったです」

しばらくお待ちくださいね、と言い残して去って行く女性を見送り、日和はまた後ろの生け簀を振り返る。

生け簀の中には二十……いや三十杯ぐらいのイカが泳いでいる。あれが全部なくなったら、またしばらく入荷しないのだろうか。それ以前に、イカは繊細な生き物で生け簀ではそれほど長く生きられないと聞いたことがある。『活イカの姿造り』として提供できるのはごく限られた数かもしれない。

温かいお茶を飲みながら、幸運を噛みしめていると、盥《たらい》と網を持った調理服の男性がやってきた。

第四話

「ごらんになりますか？」

「もちろん」

「よかったら写真もどうぞ」

わざわざ声をかけてくれたところを見ると、日和が注文した分のイカを掬うのだろう。

とりあえずスマホを持って立ち上がる。イカの生け捕りをカメラに収めるのはいかがなものかと思わないでもないが、せっかくすすめてくれたのだから一枚ぐらい撮っておくか、という気分だった。

――これ、漫画だったらイカが『助けてー』とか言うんだろうな……

二本の網を器用に使い、料理人がイカを挟み撃ちにする。あっという間に掬い上げ、盥に移されたイカはジタバタと大騒ぎしている。その間にも、透明に近かった身体の色はどんどん茶色く変わっていく。市場やスーパーで『獲れたて』と銘打たれているイカはみんなこんな色をしている。イカの新鮮さの証はこの色なんだな、と思っているうちに、イカ入りの盥を持った料理人は退場していった。

五分ほどして、女性従業員が大きなお盆を抱えて現れた。

お盆の上にはご飯とお吸い物、ゲソ揚げ、茶碗蒸しに漬物、塩辛と里芋の煮物の小鉢、真ん中には黒塗りの舟形に盛られた『活イカの姿造り』が置かれている。イカの身は舟形に敷き詰められた氷と同じぐらい透けている。紛れもなくついさっきまで生きていたとわかる透明さだった。

日和の前にお盆を置いた女性が、イカの姿造りの隅っこに置かれたレモンを手の平で示して言う。

「ゲソに絞ってみてください」

それはちょっと残酷……と思いながらも、好奇心に勝てず、ゲソにレモンを搾りかける。予想どおり、ゲソは『阿鼻叫喚《あびきようかん》』だった。

新鮮さをアピールするパフォーマンスなのだろうが、後味はあまりよくない。日和は苦い後悔を『ごめん。でも、しっかり味わうからね！』というお詫《わ》びで消して、ゲソに箸を伸ばす。

爽やかな酸味と醤油が淡泊なイカの味にアクセントを加える。歯応えの良さなど語るまでもない。身よりさらにしっかりとした嚙み心地と、うっかりすると吸盤が舌に吸い付いてくるのではないか、という心配の中、新鮮そのもののイカを堪能した。

——全然違う……『活イカ』が人気になる理由がわかったよ。魚介類は熟成させたほうが美味しいものがあるし、イカだってそのひとつなのかもしれないけど姿造りは特別な味わいなのね……

函館で『朝獲れ』と呼ばれるその日の早朝に水揚げされたイカを食べたことがある。あのねっとりとした甘みと身の真ん中で歯と歯が出会う感触は忘れられない。『活イカ』の魅力は歯応えしかない、と揶揄《やゆ》めいた感想まで抱いた。

けれど、今にして思えばあれはすべて『酸っぱい葡萄《ぶどう》』だった。どうしても『活イカ』に出会えない悔しさに、『活イカ』なんてもてはやされるほどのものじゃないと思い込もうとしていたのだ。

そして、数時間前ではなく、たった今水から揚げられたイカを食べてみた日和は、『活イカ』があれほど珍重される意味を痛感した。

『朝獲れ』のイカは紛れもなく美味しい。けれど『活イカ』にも方向性の違う美味しさがある。もっと言えば、『活イカ』の美味しさは身の下に敷かれている氷が見えるほどの透明度が失われるのと同じスピードで逃げていく。

入荷するかどうかわからず、入荷したとしてもいつまでも味わえるものではない。その稀少さこそが、全国の人々を産地まで呼び寄せる魅力に違いない。

箸でつまみ上げるごとに、身の透け具合を確かめて口に運ぶ。ただ、その時点で『美味しさがなくならないうちに味わわなければ』よりも『美味しくて止まらない』という気持ちのほうが勝っていた。

姿造りは言うまでもなく、ゲソ天も塩辛も美味しい。冷静に考えたら、塩辛は比較的どこにでもある味なのかもしれないが、『活イカ姿造り定食』の一部だと思うだけでひと味もふた味も上がるし、ゲソ天は過去最高の美味だった。

佐賀で食べたときも褒め称えていたではないか、と言われそうだが、今回はそれをわずかに上回る味だ。ただこれは、佐賀のイカそのものの問題ではなく『やっと出会えた活イカ割り増し』に違いなかった。

イカとはかかわりのない茶碗蒸しも里芋の煮物もお吸い物も、ご飯の一粒一粒にまで『やっと出会えた活イカ割り増し』の効果が発揮され、歓喜のうちに日和の夕食は終了した。

「ごちそうさまでした」

「お楽しみいただけましたか？」

「はい。すっごく美味しかったです」

鳥取

「それはよかったです」

支払いを終え、観音様みたいな笑顔の従業員さんに見送られて店を出る。

『かろいち』の中には産直品やお土産を売る店や無料で見られるミニ水族館があるのだが、この時刻ではどちらも閉まっているし、開いているうちに来たのでは『鳥取砂丘』の日没は見られなかった。なにもかもは手に入らない。今日は倉吉にも『鳥取城』にも行けたし、『鳥取砂丘』の日没も見られた。なにより念願の『活イカ』を食べられたのだから、もう十分だ。

あとは疲労と満腹で眠気に襲われないうちに、ホテルに戻るだけだった。


翌朝、午前九時四十分、日和は細い山道を登っていた。

場所は鳥取県八頭《やず》郡智頭《ちづ》町、山道を登った先には『諏訪《すわ》神社』があるのだが、日和の目的はお参りではない。非常に失礼なことを承知で言えば、ただの暇つぶしだった。

実は、ホテル近くの居酒屋で呑んだお酒がとても美味しかったので、お土産に買って帰ろうと思っていたのだが、昨日一日探しても見つけられなかった。おそらく、置いていない店にばかり入ってしまったのだろうけれど、これだけ見つからないと逆に気になる。

昨夜、ホテルに戻ってから、どこなら売っているのだろうと調べた結果、店を探すよりも蔵元に行くほうが確実だという結論に達した。なにせ『諏訪泉　取扱店』で検索してみたら、一番に出て来たのが智頭町にある蔵元併設の販売所だったのだ。

智頭町はかつて『智頭宿』と呼ばれ、鳥取県内最大の宿場町として栄えていたそうだ。町の中心

第四話

近くには、御茶屋や奉行所、制札場などの名残を留める史跡があり、自然豊かな町並みは『日本で最も美しい村』とも言われているらしい。

豊かな自然が残っているところというのは、交通が不便なことが多い。幸い智頭町は鳥取から乗り換えなしで行ける電車やバスがあるが、いずれも本数が少ない。智頭町に着いたはいいが、うっかり帰りの便を逃して飛行機に間に合わなくなったら大変だ、と思ってしまうが、車なら高速道路を使って三十分、一般道でも四十分少々で行ってしまえる。

鳥取で見たいと思っていた場所はほぼ回り終えたし、お得意の『来た、見た、帰る』式の観光なら十分可能だと思って出発してみたら、思ったより道が空いていたせいで販売所が開くよりも早く着いてしまった。

智頭町には『石谷家住宅《いしたに》』という国指定重要文化財もあるし、ほかにも何カ所か気になる場所があったけれど、いずれも十時にならないと入れない。ウロウロしているうちに『諏訪神社参道』という立て札に出くわし、お参りなら十時前でもできるだろうと思って登り始めたというわけだった。

思ったより長い坂道だったが、なんとか登り終えて境内に立つ。

やはり朝の神社は気持ちがいい。境内にいるのは日和ひとりで、社務所にすら人の気配はない。お札も授かれないし、おみくじも引けないけれど、誰もいない神社は空気がより清らかな気がする。

暇つぶしなんて罰当たりな考えで訪れたのに、こんなに清々しい気持ちにさせてもらえるなんて、ここの神様はなんて太っ腹なのだろう。

ご縁に感謝、と両手を合わせ、もう一度境内を見回して引き返す。参道を下りきるころには午前十時になっている。『石谷家住宅』を見たあとお酒を買いに行って、車を止めて智頭駅近くの駐車場に戻っても、昼前には出発できることだろう。

スケジューリングは完璧《かんぺき》、と自画自賛しつつ『石谷家住宅』に向かう。

まだ午前十時になっていないのに門は開放されていて、『日本で最も美しい村』ののどかさに和まされる。建物の中には、ツアーらしき観光客がすでにいたけれど、どの人も静かに古い建具や家具、調度品を眺めている。写真を撮る人もいるけれど、闇雲にシャッターを切るのではなく、まずは自分の目で見て、説明もしっかり読んでから、記録に残したいものだけ選んで撮っている。

駐車場からここまで歩いてきたが、その間に声高に話す人はひとりもいなかった。美しくて静かな町は、そこで暮らす人はもちろん、訪れる人も静かで美しいのかもしれない。

『石谷家住宅』を見終わり、いよいよお酒を買いに行く。『諏訪泉』の蔵元『諏訪酒造』まではおよそ二百メートル、徒歩二分の距離である。

道に迷う恐れはまったくなく、あっという間に到着。引き戸を開けると、日和の母親ぐらいの年代の女性が迎えてくれた。

お店で呑んで美味しかったから買いに来た、と告げる日和にとても嬉しそうに微笑んだあと、おすすめの銘柄を教えてくれた。試飲をすすめられたときは車で来たことを後悔したけれど、どの銘柄にどんな特徴があるのかしっかり説明してもらえたおかげで、ちゃんと選ぶことができた。

自宅用に一本、日本酒に目がない蓮斗のために一本、別々の銘柄を選び、蓮斗あての送り状を書く。自宅用も送ろうかと思ったけれど、両親が喜ぶ顔が早く見たくて持って帰ることにする。

第四話

両親以上に喜ぶ顔が見たいのは蓮斗だが、彼のことだから荷物を受け取るなり連絡をくれるはずだ。もしかしたらビデオ通話にしてくれるかもしれない。直接でなくても、顔が見られるだけで十分だった。

四合瓶の日本酒をぶら下げて、駐車場への道を戻る。

そもそも駅近くの駐車場から『石谷家住宅』までも歩いて十五分ぐらいしかかかっていない。途中に橋があったので、足を止めて覗き込んでみたら、水量が多くて穏やかな流れの川だった。

これまで名前すら知らなかった小さな町は、美しい自然と静寂に満ちあふれている。暇つぶしのお参りどころか、この町への訪問目的自体がお酒を買いたいだけだったというのに、こんなに気持ちのいい時間を過ごさせてもらった。

数々の名作を生んだ映画監督『西河克己《にしかわかつみ》』の記念館や、古い町屋を利用した雑貨屋さんやお土産物屋さんを覗いては、かつての町の姿を想像する。

空は今日もよく晴れている。秋に比べたら若干薄い青に、冬を越してきた木々の深い緑が映え、さらさらと流れる川の岸には名も知らぬ草が揺れる。

出張がなければこのタイミングで訪れることはなかった町を歩きながら、日和は、改めて『縁』、そして『一期一会』という言葉の意味を嚙みしめる。

帰りは午後三時半近くの飛行機だから、午後二時半すぎに空港に着けば十分だ。もう一度『鳥取砂丘』に行ってもいいし、昨日は閉まっていた『かろいち』のミニ水族館を見に行ってもいい。

いずれにしても、今回は公私ともに充実したいい旅だった。心残りがあるとすれば、せっかく旬

モサエビと活イカ姿造り
鳥取

の時季なのに松葉ガニを食べられなかったことだが、松葉ガニはとんでもなく高価だ。いくら旅費の大半が会社任せだったとはいえ、日和の財布には負担が大きすぎる。

人生は長いのだから、またいつか鳥取に来ることもあるかもしれない。次に来るときの楽しみを残しておくのも大事なこと、と気持ちを切り替え、日和は駐車場に向かった。

翌月曜日、いつもどおりに出勤した日和は、建物に入るなり斎木に出くわした。

「おはようございます。斎木課長」

「おはよう、梶倉さん。先週は助っ人ご苦労様。疲れは残ってない？」

「大丈夫です。たとえ疲れが残っていたとしても、それは土日に遊びすぎたせいですし」

「なにから来るものでも疲れは疲れだから気をつけて。あと、金曜の夜に水沢《みずさわ》から連絡が来てたよ」

「え……」

水沢というのは営業課長を務める人物で、今回の見本市の中心的役割を果たしている。その水沢から、しかも見本市が終わるなり連絡があったと聞いた日和はぎょっとせずにいられなかった。

それなりにうまくいったと思っていたが、なにかまずいことがあったのだろうか。ノーミスとは思えないけれど、自分では些細《ささい》だと思っていた失敗が、実は大きな問題に繋がるものだった、なんてよく聞く話だ。

ビクッと肩をふるわせた日和を見て、斎木は笑いながら連絡の中身について教えてくれた。

「そんな顔をしなくても、めちゃくちゃ褒めてたよ。梅野さんから報告を受けたそうでね。梶倉さん、ブースに来てくれた人についてのメモを作ってくれたんだってね。説明を聞いてくれた人じゃなくて、立ち止まったのにそのまま行っちゃった人について。梅野さん、すごく感心してたそうだよ」

梅野のように、声をかけてブースに呼び込むことはできなかった。本当は自分も呼び込みをしたほうがいいことぐらいわかっていたけれど、人を振り向かせるような声は出せなかったのだ。

梅野は気にすることはないと言ってくれたが、あまりに申し訳なくて、せめてこれぐらいは、とメモを作った。首から提げたネームタグに目を凝らし、どこの会社のどんな人が、興味を示しつつも説明を聞くことなく去っていったかを記した。ちょうど、仲良しグループに入れられてしまった中学校の修学旅行のときのように、大はしゃぎしているメンバーたちの陰で黙々と……

かつてメモを取ったことによる成功体験が、こんなところで生きてくるとは思いもしなかった。

斎木が軽く首を傾げつつ訊ねる。

「梶倉さんは、どうしてそんなことをしたの？」

「説明を聞いてくださった方は、梅野さんが覚えていらっしゃるでしょうし、名刺交換もされてました。むしろ、興味津々なのに、梅野さんがほかの人と話していたせいで説明を聞けなかった人のほうが大事なんじゃないかと……」

「そのとおり。梅野さんは、梶倉さんがメモしてくれた人に、これから連絡してみるそうだよ。ものすごいアシストだった、営業そのものは無理かもしれないけど、事務でもいいから営業部に引き抜きたいって言ってたらしい。もちろん、丁重にお断りしたけどね」

「そんなに褒められると居心地が悪いです。大したことじゃないのに……」

「それを決めるのは相手だし、実際に喜んでる以上、大したことなんだよ。総務みたいな利益をあげない後方部署は、普段は営業から文句しか言われない。それだけに、褒められて俺も嬉しかったよ」

「そういうものですか……」

「そういうものさ。とにかくありがとう。じゃあ、俺はこれで」

そして斎木は、颯爽《さっそう》と玄関ドアを抜けて行く。今日は朝から打ち合わせの予定になっていたから、取引先にでも行くのだろう。

梅野に褒められただけでも十分なのに、営業課長にも褒められた結果、斎木まで喜ばせることができた。営業部への異動は論外にしても、斎木が『丁重にお断りした』と言ってくれた以上、総務課にとっても自分はいらない人材ではないのだろう。

ああよかった、と思いながら総務課に入る。自分の席に着くやいなや、麗佳が声をかけてきた。

「よかった。無事に戻ってこられて」

麗佳は心底ほっとしたように言う。こんな顔をするところを見ると、さぞかし日和の出張が心配だったのだろう。梅野、水沢、斎木と三人がかりで褒められたあと、しかも日和の実力を知りすぎている麗佳だけに、落胆は激しかった。

「はい、なんとか……」

「本当に心配したわ」

第四話

「すみません。やっぱり力不足ですよね」

「へ？」

『は？』でも『え？』でもない、あまりにも間が抜けている『へ？』という返事に、日和は麗佳を二度見してしまった。

「なにか変なことを言いましたか？」

「言ったわ。力不足なんてことはなくて、むしろ逆。梅野さんに拉致《らち》されて返してもらえなくなったらどうしよう、って思ってたの」

「拉致!?」

「それぐらいやりかねない人だもの。梶倉さんのこと、相当気に入ったみたい。梅野さんはすごく有能な人だけど、それだけに周りにイライラすることも多いのよ。部下っていうか、年下相手だと『そんなこともできないの！』って吠《ほ》えまくってる」

「吠えるんですか!?」

「実際に吠えたりしないけど、そういう勢いでこっちに愚痴を投げてくるのよ。いい迷惑だわ」

もっといい人材を寄越《よこ》せという総務課への苦情ではなく、同期相手の愚痴。それがわかっているから聞き流しているが、あれでは本人も周りも大変だろうと語ったあと、麗佳はさらに続けた。

「そんな梅野さんがあなたについてはべた褒め。当然、水沢課長も」

「その話、ついさっき斎木課長からも伺いましたけど、やっぱり褒めすぎです」

「梶倉さんならそう言うと思ったわ。実のところ、私もそう思わないでもない。きっと、当たり前のことを当たり前にやっただけなんだろうなって」

「そのとおりです」

「でも、それこそが梅野さんが求めていることだったんだと思う。当たり前のことを当たり前にこなす。余計なおしゃべりもなく、ただひたすら淡々と……梅野さんにとってのアシスタントの理想像ね」

「それって、相性の問題なんじゃないですか？」

「その側面がないわけじゃない。だけど『当たり前のことを当たり前にこなせる』のが大前提。それって案外難しいことなんだけど、梶倉さんにはできる。だからこそ梅野さんに気に入られたし、課長たちも評価してくれた」

「はあ……」

「なに、その納得がいかない顔。まあ、褒められて得意満面になったりしないのは梶倉さんらしいけど」

そう言ったあと、麗佳は机の隅に置いてあったスマホを手に取った。次々と画面をタップし、なにかを探していたかと思ったら、出てきた画面を日和に見せる。

「ほら、見てこれ」

「見ちゃっていいんですか？」

示されたのはSNSのメッセージアプリで、個人的なやりとりに多用されるスタンプが並んでいるから、仕事にかかわりがあるものではなさそうだ。

第四話

それでも、麗佳が見ろというう以上、なにか意味があるのだろうと思って覗き込むと、それは梅野と麗佳のやり取りだった。

『ねー、ひーちゃん、うちにちょうだいよ』

『ひーちゃんって誰？』

『わかってるくせに。梶倉さんよ』

『気安く呼ばないで。それに、私に人事権なんてありません。あったとしても、梶倉さんはあげないわよ』

『いいじゃん。麗佳なら誰とでもうまくやってけるでしょうに』

『社会人なら当たり前。うまくやれないほうが問題』

『あたしだって頑張ってるよ！　でも取引先ならまだしも、社内の人間関係で我慢してストレスなんて受けたくないじゃん。ひーちゃんならストレスフリーだもん』

『梶倉さんは今までうーんと頑張ってここまで来たの。本人&周りの絶大な努力の末に『ストレスフリー』な人に育ったのよ。それを横からかっさらわれてたまるか！』

『人材育成は総務の仕事の一部でしょ。立派に育ったんだから、ひとり占めしないで放出して』

『や・な・こ・っ・た！　じゃあね！』

そのあと続いた様々な『あっかんべー』スタンプの応酬に、日和は噴き出してしまった。そして、心の奥底からじんわりと温かいものが湧いてくる。

鳥取にいる間、梅野はずっと日和を『梶倉さん』と呼んでいたのにメッセージのやり取りでは

モサエビと活イカ姿造り

鳥取

『ひーちゃん』なんてかわいらしい愛称を使ってくれている。それだけ親近感を持ってもらえたのか、と嬉しくなったが、それ以上に喜ばしかったのは麗佳の反応だ。

『気安く呼ぶな』という言葉に、『うちの子に手を出すな』という意識が窺える。たとえ人事権があったとしても『梶倉さんはあげない』と明言もしてくれた。これで喜べないほど、日和はへそ曲がりではない。

なにより嬉しいのは、最初からではなく、絶大な努力の末に『ストレスフリー』な人に育ったという言葉だ。本人だけではなく『周り』も努力した。それだけ迷惑をかけたのだと反省するけれど、とにかく今までの頑張りを丸ごと評価してもらえた気がするのだ。

噴き出したあとニヤニヤ笑い、さらにしみじみ……そこで我に返って麗佳を見る。日和に向ける麗佳の目は、ひどく優しかった。

これまでも、これからもずっとこの人はこんな目で日和を見守ってくれるのだろう。麗佳だけではなく、ほかの同僚や上司も……

そこまで考えた日和は、はっとして部屋の奥に目をやった。

いつもならとっくに座っているはずの仙川の姿がない。ただ、彼の机の様子は変わっていないから、出勤が遅くなっているだけかもしれない。

「あの……係長は？」

「社外研修よ」

「パソコンとかですか？」

第四話

『小宮山商店株式会社』では入社してすぐ、あるいは一年目、三年目といった節目ごとに研修がおこなわれている。だがそれも五年目が最後だし、仙川のように社歴の長い社員を対象にした研修はない。あるとしたらソフトなどの扱い方を学ぶ研修だが、パソコンのプロみたいな斎木がいるのだから、わざわざ社外研修に出かける必要はないはずだ。

　首を傾げる日和に、麗佳はクスッと笑って言う。

「ハラスメント研修」

「ハラスメント……」

「そう。ハラスメントにはどういう種類があって、どういう言動がそれに当たるか、とか、ハラスメントの弊害について根本から学ぶための社外研修。社長の指示だそうよ。ハラスメント研修に参加して、しばらく様子を見て、それでも変わらなければ……」

　麗佳はそこで言葉を切った。言わなくても十分伝わるし、さすがに上司に対する最後通牒《つうちょう》を口にするのは憚《はばか》られたのだろう。

「ま、社長の温情よね。変わってくれるといいけど」

「ですね」

　仙川が変わらなかったとしても、そのときは彼の存在自体が総務課、最悪の場合、会社そのものからなくなる。どっちに転んでも悪い話ではないが、できれば変わってほしい。それは麗佳だけではなく、日和の気持ちでもある。

　態度や言葉の使い方に問題があるにしても、仙川の指摘がすべて間違っていたわけではない。仙川もまた、日和を育ててくれたひとりでもあるのだ。

「一泊二日、かなり内容が濃い研修らしいから期待できるって斎木課長も言ってたわ。帰ってくるのが楽しみ」

「私もです。礼儀正しくて親切な仙川係長ってちょっと想像できませんけど」

「そこまでいったら研修じゃなくて人格改造ね」

「ちょっと恐いです」

「乞《こ》うご期待、ってことで仕事にかかりましょうか」

そしてふたりは、パソコンに向かい、メールの受信操作をする。

いつもより少しだけ平和な月曜日の始まりだった。

秋川滝美（あきかわ　たきみ）
2012年４月よりオンラインにて作品公開開始。12年10月『いい加減な夜食』（アルファポリス）にて出版デビュー。著書に『ありふれたチョコレート』『居酒屋ぼったくり』『きよのお江戸料理日記』『深夜カフェ・ポラリス』（すべてアルファポリス）、『幸腹な百貨店』『湯けむり食事処　ヒソップ亭』（すべて講談社）、『放課後の厨房男子』（幻冬舎）、『ソロキャン！』（朝日新聞出版）、『ひとり旅日和』『向日葵のある台所』『おうちごはん修業中！』（すべてKADOKAWA）などがある。

この物語は時事を取り込んでおりますが、基本的にはフィクションです。「第二話　佐賀」に登場するのとじま水族館は2024年７月に一部再開いたしました。本書は書き下ろしです。

ひとり旅日和《たびびより》　道続《みちつづ》く！

2024年11月26日　初版発行

著者／秋川滝美《あきかわたきみ》

発行者／山下直久

発行／株式会社KADOKAWA
〒102-8177　東京都千代田区富士見2-13-3
電話　0570-002-301（ナビダイヤル）

印刷所／旭印刷株式会社

製本所／本間製本株式会社

●お問い合わせ
https://www.kadokawa.co.jp/（「お問い合わせ」へお進みください）
※内容によっては、お答えできない場合があります。
※サポートは日本国内のみとさせていただきます。
※Japanese text only

定価はカバーに表示してあります。

ISBN 978-4-04-115065-8　C0093